독서로 삶의 변화를 추구하는 사람들

변하지 않는다고요? 웬걸요!

독서로 삶의 변화를 추구하는 사람들

변하지 않는다고요?
웬걸요!

 지음

강지원 전세병 유명희 강준이

안자경 오경희 정희정 김민정

박혜정 신민석 김정윤 정인구

부산큰솔나비 독서모임

독서의 인풋과 아웃풋으로
시대를 앞서가는 사람들

독서의 인풋(In-put) 두 가지는 읽기와 듣기입니다. 일단 많이 읽고, 많이 듣는 것이 중요합니다. 읽는 것은 혼자서도 얼마든지 할 수 있지만 듣는 것은 결코 혼자 할 수 없는 일입니다. 그래서 필요한 것이 독서모임입니다. 같은 책을 읽은 이의 말을 많이 듣다 보면 그만큼 독서의 깊이도 깊어질 수밖에 없습니다.

독서의 아웃풋(Out-put) 두 가지는 말하기와 쓰기입니다. 역사를 이끈 위인들은 거의 다 아웃풋의 대가들입니다. 그들은 풍부한 인풋을 바탕으로 당당하게 말하고, 쓰기도 잘 해서 당대는 물론 후대에도 많은 사람들에게 선한 영향을 끼치고 있습니다.

독서를 제대로 하려면 인풋만이 아니라 아웃풋을 잘해야 합니다. 특히 인풋만으로 인공지능을 따라잡을 수없는 제4차 산업혁명 시대에는 인풋 못지않게 아웃풋에심혈을 기울여야 합니다. 말과 글로 당당하게 표현하고실천하는 사람만이 시대가 요구하는 경쟁력을 갖출 수있기 때문입니다.

독서모임에서 읽기와 토론만이 아니라 발표와 글쓰기를 중요하게 여기는 이유도 여기에 있습니다. 이 책에는독서와 글쓰기로 시대를 앞서가는 사람들의 이야기가 오롯이 담겨 있습니다. 독서모임에서 독서와 토론은 물론이고, 발표와 글쓰기를 통해 삶의 변화를 실천하는 열두분의 이야기가 잔잔한 감동을 전하고 있습니다.

어떻게든 변화에 적응하지 않으면 살아남기 힘든 시대에 독서의 인풋과 아웃풋을 모두 실천하며 시대를 앞서가는 사람들의 이야기를 많은 독자들에게 추천할 수 있음을 감사하게 생각합니다.

이 책을 통해 더욱 많은 분들이 독서와 독서모임의 중요성을 깨닫고, 전국에서 활동하고 있는 독서포럼나비에 적극적으로 동참할 수 있기를 기원해 봅니다.

3P자기경영연구소 대표

독서포럼나비 회장

독서혁명가 강규형

삶의 변화와 행복을 꿈꾸는 이들에게

책과 함께 하는 목적 있는 독서로
나로부터 비롯되는 변화로
건강한 가정을 세우고
이웃에게 배움을 나누는 독서모임!

누구나 행복한 삶을 살기를 원합니다. 하지만 어떻게 살아야 행복한 삶을 사는지 잘 몰라서 괴로워합니다. 따라서 우리는 행복하게 사는 법을 배워야 합니다.

행복하게 사는 가장 좋은 방법은 행복한 사람들과 함께 어울리는 것입니다. 이것이 힘들다면 행복한 사람들의 이야기가 담긴 책을 보는 것도 좋은 방법입니다. 이

두 가지를 동시에 할 수 있는 것이 독서모임입니다.

　행복한 사람들과 행복한 사람들의 이야기가 담긴 책을
읽고 함께 나눌 수 있는, 변화와 행복을 꿈꾸는 사람들의
모임!

　사무실 한 귀퉁이에서 변화와 행복을 꿈꾸는 회원 몇
명이 독서모임을 시작했습니다. 그동안 우여곡절이 많
았지만, 우리는 교학상장의 의미로 회원끼리 나이와 관
계없이 서로를 '선배님'으로 호칭하면서 성장해왔습니다.
어느덧 2년을 맞은 지금 30명이 넘는 '선배님'들이 참석
하는 부산명문 독서모임으로 자리 잡았습니다.

　아는 만큼 행복해진다고 했던가요?
　'독서가 바로 행복'이라는 걸 차츰 알아가고 있습니다.
지금까지 살면서 잘한 일을 꼽으라면 늦게라도 책을 읽

기 시작한 것과 변화와 행복을 꿈꾸는 독서모임을 시작한 것을 꼽는데 주저하지 않습니다.

이제 책을 읽고 변하는 것에 그치지 않고 여러 선배님들과 함께 글쓰기를 병행하면서 '독서를 통해 내가 변하고, 가정이 변하고, 직장생활이 변하는 기쁨을 누리는 삶의 이야기'를 여러 독자님께 전할 수 있어서 더욱 기쁩니다.

모쪼록 이 책이 변화와 행복을 꿈꾸는 이들에게 소중한 선물이 되었으면 하는 바람을 담아 봅니다.

부산큰솔나비 회장 정인구

CONTENTS

추천사　독서의 인풋과 아웃풋으로 시대를 앞서가는 사람들 _ *004*

서 문　삶의 변화와 행복을 꿈꾸는 이들에게 _ *007*

1부　니 독서 해 봤나?

니 독서 해 봤나? · 전세병 _ *017*

내가 살아왔던 것처럼 그들도 · 강준이 _ *024*

토요일 아침 7시, 행복해지는 시간 · 정희정 _ *030*

울렁증의 주인이었던 내가 · 박혜정 _ *034*

집은 나 자신이고 가족 그 자체이고 생명이다 · 오경희 _ *038*

한 번뿐인 인생, 어떻게 살고 있나요? · 정희정 _ *048*

2부 한 번뿐인 인생

젊은이는 반드시 늙고 늙으면 죽는다 · 정인구 _ 061

내가 글쓰기를 하는 이유 · 유명희 _ 067

재테크, 어디까지 해봤니? · 김정윤 _ 076

나는 오늘도 기록하며 변하고 있다 · 신민석 _ 082

화를 내기엔 우리 인생이 짧다 · 유명희 _ 086

늘 깨어 있는 내가 되길 희망하며 · 김민정 _ 094

3부 가족에게 필요한 것은

가족에게 필요한 것은 소통이다 · 전세병 _ 103

환경은 생각보다 힘이 세다 · 강준이 _ 108

나는 네가 빵점이라도 좋아 · 강지원 _ 113

나는 아직도 아내, 엄마가 어렵다 · 정희정 _ 120

삶의 변화를 바라는 이들에게 · 안자경 _ 126

아들 선배님이랑 본깨적을? · 강준이 _ 135

우리 부부의 육아 가치관 · 김정윤 _ 142

저는 철부지 엄마였어요 · 박혜정 _ 148

마음의 근육을 키우는 마음공부 · 오경희 _ 152

4부 사람은 변하지 않는다고

사랑이 사라졌다면 이 책을! · 안자경 _ 167

사람은 변하지 않는다고요? 웬걸요! · 박혜정 _ 176

독서는 우리 부부를 살렸다 · 강지원 _ 182

부부는 일심동체가 아니야 · 김민정 _ 188

우리 부부가 달라졌어요 · 오경희 _ 193

5부 공부해서 남을 주자

공부해서 남을 주자 · 정인구 _ 207

책은 읽는 것만큼 실천이 중요하다 · 전세병 _ 214

독서모임으로 변화되고 있는 나 · 김민정 _ 220

술꾼에서 꿈꾼으로 · 정인구 _ 225

내게 일어난 기적 같은 일 · 신민석 _ 232

진정한 리더가 되기 위해서 · 유명희 _ 236

함께 하니 안 할 수가 없습니다 · 강지원 _ 243

환경이 모든 것을 지배한다 · 신민석 _ 249

내 인생에 터보엔진을 달아준 독서법 · 김정윤 _ 253

강제기능을 통해 행동을 이끌어내라 · 안자경 _ 260

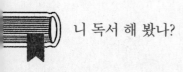 니 독서 해 봤나?

1부

2년 전 훈련소에 들어가기 전 일이다. 친구들은 입영할 때가 됐을 때 세상이 내 편이 아닌 것처럼 느껴졌다고 했는데 나는 오히려 무덤덤했다. 사회복무요원으로 입영하는 것이기도 했지만, 어차피 가야 한다면 미리 걱정 하는 것은 쓸데없는 일이라고 생각했기 때문이다. 훈련소 입소를 남겨둔 채 무료하고 따분한 시간을 보낼 때였다.

"아들, 독서모임 가볼래?"

"네, 갈게요."

뭔가 새로운 자극이 필요하다는 생각에 바로 대답했다. 하지만 이내 너무 성급하진 않았나 하는 생각이 들었다.

독서모임에 가보니 다행히 선배님들이 친절했다. 책을 읽고 여러 가지 생각을 나누는 것도 새롭고 재미있었다. 하지만 평소 책을 읽지 않던 나는 초기에 적응하지 못해 불편한 점이 많았다. 토론에 익숙하지 못한 것도 그랬지만, 특히 시간이 그랬다. 독서모임은 아침 7시에 시작이다. 집에서 최소한 6시 10분에는 출발해야 한다. 6시에 겨우 일어나서 세수도 하는 둥 마는 둥 잠이 깨지 않은 상태에서 나서곤 했다. 잠을 더 자고 싶어서 반복되는 이런 과정들이 싫을 때도 있었다. 한겨울에는 아직 해도 뜨지 않았고, 춥기도 해서 더욱 가기 싫었다. 하지만 나는 빠지지 않고 참석했다.

그런 중에 훈련소에 입영했다. 그때 선배님들이 격려와 위로를 아낌없이 해주었던 것을 잊을 수 없다. 훈련소에서 한 달 과정을 마치고, 사회복무요원으로 근무하면서 다시 참여했을 때는 서먹할까 봐 걱정했는데 그것은 쓸데없는 기우였다. 선배님들이 따뜻하게 반겨줘서 좋았다.

우리집은 거실을 서재로 꾸며놓아 책 읽기에 적합한 환경이었다. 좋은 환경이었음에도 책은 거들떠보지도 않았다. 그런 내가 독서모임을 시작하면서 책을 읽기 시작했다. 금상첨화격으로 사회복무요원으로 배정된 곳이 부산대학교 도서관이었다.

'책과 떨어질 수 없는 인연인가?'

이런 생각으로 책과 함께 해온 지 어느덧 2년이 되어간다. 이제 독서모임은 참여하겠다는 의지보다 습관으로 다니고 있다. 여기에서 '책을 읽고, 본 것과 깨달은 것, 적용할 것'을 찾아 내 의견을 발표하고, 다른 분들의 이야기를 듣는 것이 마냥 즐겁다.

독서토론은 긍정과 미래지향적인 대화로 이뤄진다. 토론을 하다 보면 자연스럽게 기분이 좋아진다. 간혹 힘들다는 생각을 하면서도 막상 토론시간이면 경청하게 되고, 약간 흥분된 상태에서 발표하는 나를 발견할 때는 괜히 뿌듯한 마음이 생기곤 한다.

부산큰솔나비 모임 중에 제일 기억에 남는 두 가지가 있
다.

첫째는 2018년 연말에 했던 송년회다. 송년회에서 10분
강의를 해달라는 독서리더 정인구 선배님의 요청이 있었
다. 강의에 대한 전문지식이나 경험이 없어서 자신이 없었
다. 그래도 한다고 했기 때문에 며칠 고민하다가 아직 세상
을 많이 살지는 않았지만, 그냥 내가 살아 온 이야기를 하
기로 마음먹었다.

당일날 새로 산 지 얼마 안 된 슈트를 입고 갔다. 독서모
임의 선배님들은 다양한 직업을 가지고 있다. 그 중에 헤어
디자이너 선배님이 머리 스타일을 봐주시고, 메이크업 선
배님이 예쁘게 메이크업까지 해주셨다. 내가 강의를 한다
고 정성을 쏟아주신 것이다.

그때 10분 동안 내 삶을 얘기하면서 눈물이 났다. 뭔가
내 속의 응어리가 풀리는 기분이었다. 강의를 끝내고 나니
속이 후련해졌다. 마치 실타래처럼 얽혀 있던 모든 것이 풀

려 나간 느낌이었다. 힘들었지만 감추고 싶은 아픈 얘기까지 남들 앞에서 하고 나니 더욱 그랬던 것 같다.

강의를 하고 나서 나 자신이 한 단계 앞으로 나아가고 있다는 느낌이었다. 새로운 세상을 보게 변화의 자리를 만들어 주신 선배님들에게 항상 감사드리고 있다.

이후로 무엇을 하든 자신감이 생겼다. 내 속에 있는 하찮은 두려움이나 신념들을 넘어 설 수 있는 힘이 생겼다.

둘째는 씽크와이즈 강의다. "공부해서 남을 주자"는 부산 큰솔나비 구호를 행동으로 실천한 것이 씽크와이즈 강의라고 생각한다. 정인구 선배님이 씽크와이즈 강사과정을 수료하고 부산큰솔나비 회원들에게 재능기부를 한 것이다.

나는 그때 처음 씽크와이즈 프로그램을 알았다. 좋은 것을 배우고 남에게 베푸는 선배님의 모습을 보고 나를 돌아보게 되었다.

'아, 나도 내가 가지고 있는 것들을 남들에게 나누는 마음을 가져야겠구나.'

환경에 따라 사람이 달라진다는 것은 이전에도 알았지만, 이 자리에서 다시 한번 되새기는 계기가 되었다. 선배님들을 보면서 타인에게 베푸는 인생이 행복한 인생이라는 것도 알았다.

> 자신과 세상을 새롭게 본 후에야 비로소 스스로를 현재의 환경에 묶어두는 하찮은 두려움과 신념들을 넘어설 수 있다.
> - 벤저민 하디, 『최고의 변화는 어디에서 시작 되는가』에서

그동안 나는 글을 쓸 거라고 생각해 본 적이 없다. 그런데 지금 이렇게 카페에 앉아 글을 쓰고 있다. 누군가에게 영향을 끼치는 책을 쓰고 있다.

"내가 만나는 사람이 내 미래다."
어느 새 독서모임에서 이 말을 실감하고 있다. 만나서 함께 책을 읽는 사람들이 좋고, 이렇게 글을 쓰고 있는 내가

좋다. 독서와 글쓰기로 조금씩 성장하고 변화하는 내 모습이 좋다.

우리 주변에는 독서가 따분하고 재미없다고 말하는 사람들이 많다. 2년 전만 해도 내가 그랬다. 손만 뻗으면 닿는 곳에 있는 책을 펼쳐볼 생각도 하지 않았던 나였다. 그런데 지금의 나는 완전히 바뀌어 있다.

이제는 독서가 재미없다고 말하는 사람을 만나면 이렇게 묻고 싶다.

"니 독서 해 봤나?"

내가 살아왔던 것처럼 그들도

네 인생의 목소리를 들어 보아라.

Let your life speak!

나는 무엇을 해야 하는가?

어떤 사람이 되어야 하는가?

내 고향은 칠갑산자락이 펼쳐진 곳이다. 유년시절엔 몰랐지만, 초등학교에 다니면서 가난이 어떤 것인지 어렴풋이 알기 시작했다. 입고 다니는 옷이 달랐고, 학용품이 달랐다. 그만큼 우리집은 가난했다. 유년에는 비교할 사람이 없어서 불편한 줄 몰랐는데, 학교에 다니면서 비교되는 친구들이 생기면서 힘든 일이 생기기 시작했다.

중학교는 6학년 담임선생님이 부모님을 어렵게 설득해서 겨우 진학할 수 있었다. 선생님이 아니었으면 최종학력이 초등학교로 남을 수 있었다. 중3 담임선생님은 부모님을 설득하지 않아서 고등학교 진학은 할 수 없었다.

시골만 벗어나면 성공할 것 같았다. 부산에서 공장노동 자로 취직했다. 하지만 생활 무대는 성공과 거리가 멀었다. 월급을 받으면 달세 지불하고, 먹을 것 해결하기 바빴다. 아무리 일해도 돈을 모을 수가 없었다. 교복을 입고 학교에 다니는 또래의 아이들을 보면 가슴이 먹먹해졌다. 공부와 돈은 내게 지구와 달의 거리보다 멀게 느껴졌다.

첫 월급으로 제일 먼저 한 일은 서점으로 가서 책을 산 것이었다. 지금은 제목도 생각나지 않는다. 숙소의 룸메이트들은 힘들게 번 돈으로 책을 사는 나를 좋아하지 않았다.

나는 공부가 하고 싶었다. 고등학교와 대학교를 졸업하면 지금처럼 현장에서 일하지 않고 사무실에서 근무할 수 있다고 믿었다. 고심 끝에 방송통신고등학교에 입학했다.

한 달에 두 번, 일요일에 경남여고에서 수업을 받았다. 나머지 수업은 늦은 밤 방송으로 들었다.

어린 나이에 하루 12시간씩 공장에서 일하고 늦은 밤 라디오 방송을 들으며 공부하기란 힘든 일이었다. 라디오 혼자서 떠들고 나는 엎드려 자는 때가 많았다. 한 달에 두 번 학교에 갈 때 만난 친구가 있었다. 마음이 잘 통해서 만나는 것이 더 즐거웠다. 콩나물도 물을 주면 그냥 물이 흘러가는 것 같아도 시간이 지나면 자라듯이 삼 년을 다니며 나도 모르게 성장하고 있었다.

원하는 대학에 갈 수는 없었지만, 차선으로 간호대학에 입학할 수 있었다. 그곳에서도 공부는 쉽지 않았다. 늘 아르바이트를 해야 했다. 다행인 것은 시간은 누구에게나 공평하게 흘러간다는 것이었다. 시간이 흘러 간호사 면허증을 받았고 대학병원에 취직했다.

간호사의 업무는 공장에서 하는 일보다 표현할 수 없을 만큼 어려웠다. 회사에서는 일을 곧 잘 해서 인정도 받았지만, 공식적인 시험을 통과하고 면허증까지 받은 간호사업무는 참으로 어려웠다. 이론과 실제가 너무 달랐다.

내가 배치된 곳은 수술실이었다. 태어나서 내가 머리가

나쁘다는 것을 처음으로 실감한 순간이었다. 선배의 조언은 KTX처럼 빠르게 머리를 스쳐 지나갔다. 이런 일을 아무렇지 않게 하는 사람들이 다 천재 같았다. 급기야 먹은 것이 소화도 안 되고 배출도 안 되기 시작했다.

처절한 시간이었다. 신규의 계절과 사투를 해야 했다. 아르바이트 한다고 시험 때만 반짝 공부를 해서인지 수술실 업무는 나를 나락으로 떨어뜨리는 공포로 다가왔다. 사표를 낼 생각에 머릿속으로 삼류 소설을 쓰고 있을 때가 많았다. 어떤 때는 출근하는 버스가 살짝 사고라도 내줘서 출근을 하지 않아도 되는 상황을 만들어주었으면 좋겠다는 생각도 했다.

"제가 사직해야 할 것 같아요."

"최소한 일 년은 다녀야 예의니 일 년만 참아 봐."

그때 선배님이 들려준 말이 귀에서 왱왱 거렸다. 일 년이 백 년처럼 느껴졌다.

어느 날 기숙사 휴게실에서 TV를 보며 휴식을 하고 있는데 초번 근무를 마치고 퇴근하는 동료가 울면서 들어왔다. 수술실에서 있었던 상황을 이야기하며 우는 것을 보고 나만 힘든 것이 아니라는 것을 알았다.

나는 무엇을 하고 싶은지?

무슨 일을 하고 있는지?

일 년을 버티면서 사직 타이밍을 놓쳤다. 어느 정도 일이
익숙해지니 이제 다른 갈등이 고개를 내민다. 학연, 지연
등이 어김없이 나의 직장에도 자리잡고 있었다. 남들이 가
하는 관계의 갈등보다 내 스스로 나를 비하하는 것이 더 견
디기 힘들다는 것을 알면서도 사직서를 컴퓨터 바탕화면에
설정해놓기도 했다. 그러면서 수시로 파커 J 파머처럼 내게
질문을 했다.

'내가 이 직장을 그만 두면 어떤 점이 그들에게 제일 좋
은가?'

정답은 어디에도 없었다. 학연, 지연이 내게 무슨 짓을
했는지 내가 더 성숙한 다음에 알아보기로 유예하면서 나
는 삶의 계곡을 통과하고 있었다. 어느새 삼십 년을 훌쩍
넘겼다.

결혼을 하고 나서는 아들의 육아가 또 험난한 산으로 내 앞에 다가섰다. 이때도 수없이 사직을 생각했다. 하지만 나는 버텼다. 그 큰 산을 어떻게 올라가고 있는지 모른다. 아직도 정상은 아스라이 멀기만 하다.

지금도 쉼 없이 신입 직원이 입사한다. 그들을 맞이하며 나의 신입시절을 떠올리면 그들이 안쓰럽기만 하다. 아직 어린 간호사들은 새가슴같이 파닥거리는 마음으로 환자들의 혈관을 따라 흔들리기 십상이다.

병원에서는 환자가 원하는 것이 무엇인지를 아는 것이 우선이다. 하지만 아무리 환자가 중요하더라도 그 환자를 간호해야 하는 간호사들의 감정을 결코 소홀히 해서는 안 된다. 간호사가 행복해야 환자도 행복하고, 환자가 행복해야 병원도 행복하기 마련이다.

나는 지금 그들을 이끄는 경력 간호사들을 격려하며 항상 감사히 여긴다. 내가 살아왔던 것처럼 그들도 어떻게든 살아갈 것을 믿기에. 이 글이 그들에게 조금이라도 위안이 될 것이라 믿기에.

토요일 아침 7시, 행복해지는 시간

"여보, 태워 줘!"

"준비 다 했어?"

첫째, 셋째 토요일 아침이면 벌어지는 풍경이다. 6시 20분경 남편과 차를 타고 부전역에 있는 위드경매학원으로 출발한다. 남편은 아직 준비가 안 되었다며 독서모임에 가기를 다음으로 미루며 나를 안전하게 내려주고 떠난다. 같이 참석하면 참 좋으련만 아쉬움이 남는다.

첫 번째 독서모임 장소는 바로 집에서 건널목을 한 개만

건너면 갈 수 있었다. 횡재한 기분이었다. 책 읽고, 서로 토론하는 시간 후 간단한 티타임.

사실 처음엔 큰 기대도 하지 않았다. 흔히 있는 모임 중에 하나라고 생각했다. 월요일부터 금요일까지 5시경에 일어나서 준비하고 출근하는 생활이기에 토요일은 푹 자고 싶었다. 장소가 바로 집 앞인데도 지각을 많이 했다. 금요일 저녁에 약속이 있거나 남편과 맥주 한 잔이라도 하는 날이면 여지없이 불참이었다.

'컨디션이 좋아야 모임에 가도 즐겁지.'

나름대로 나 자신에게 이렇게 합리화도 시켰다. 어릴 적부터 책을 좋아했기에 독서에 대한 부담은 없었다. 지금 생각해 보면 그만큼 간절함이 없었던 것이다.

독서모임은 책을 읽고 내용에 대해 토론하는 것으로만 생각했다. 그런데 웬걸, 이 모임은 뭔가 다르다. 생활하면서 감사했던 일 공유하고, 읽은 책 토론하고, 책에 대해 원포인트 레슨까지 해준다.

"공부해서 남을 주자."

이런 구호로 서로 나눔을 실천하고 있었다.

책은 그저 눈으로 많이 읽는 것이 중요한 게 아니라,
'읽은 내용이 얼마나 내 삶에서 나타나고 드러나는가?',
'얼마나 실천하고 적용했는가?'가 더 중요하다.

- 이재덕의 『어쩌다 도구 책』에서

책은 눈으로 읽는다고 생각했는데 그게 아니었다.

나는 무엇을 위해 책을 읽는 것일까?

스스로 질문하고 답을 찾는 시간이 필요했다.

그러자 처음부터 왜 적극적으로 참여하지 않았는지 후회가 들었다.

지금은 장소가 더 멀어졌는데도 지각하지 않는다. 오히려 더 일찍 도착해서 명찰을 정리하고, 출석을 체크한다. 독서모임의 주인이 되어 적극적으로 활동하고 있다. 이런 시간들이 즐겁고 행복하다.

독서모임을 하면서 더욱 더 책을 아끼고 사랑하게 되었다. 내 삶의 변화를 실감하면서 책의 재발견이 이뤄졌다.

마흔세 살이 되어서야 제대로 책을 읽는 방법을 알게 되었다는 것이 아쉬울 때도 많다. 조금 더 일찍 알았다면 나의 삶이 어떻게 변했을까?

그래서 다른 사람들은 좀 더 일찍 이런 기쁨을 누렸으면 하는 마음으로 책을 좋아하고 관심 있는 분들에게 적극적으로 권장하고 있다.

"독서모임 하고 있는데 오실래요?"

"그래요? 한번 가볼까요?"

"네, 좋아요, 매월 첫째 주랑 셋째 주 토요일 아침 7시에 해요."

처음에는 관심을 보이다가도 시간을 알려주면 질겁을 하는 이들이 많다.

"그 시간에 어떻게 참석해요?"

하지만 나는 말할 수 있다. 나도 처음에는 그렇게 생각했지만 지금은 아니라고. 다른 어떤 것에도 방해받지 않고 하루의 일정을 잘 관리할 수 있는 시간이 아침 7시일 수 있다고. 아침 7시면 당신도 행복해질 수 있다고.

울렁증의 주인이었던 내가

34

> 사람의 마음을 얻으려면 그 사람의 마음에 남아야 한다.
> 마음에 남아 오랫동안 그 사람의 옆에 있어주는 것이다.
>
> - 팀 페리즈, 『타이탄 도구들』에서

"항상 재미있어 보여요. 행복해 보이는 비결이 있나요?"

일할 때는 최선을 다해 고객을 대했기에 이런 소리를 들으면 신이 나서 더 열심히 하곤 했다. 진짜 내가 재미있고 행복해 보이는 줄 알았다. 하지만 연예인이 무대 뒤에서는 공허함을 못 이겨서 우울증에, 심지어 극단적인 선택을 하는 것을 이해할 수 있었다.

내가 그랬다. 정말 열심히 즐겁게 일했지만, 조금의 여유도 누리지 못하는 일중독자에 가까웠다. 어쩌다 조금의 여유가 생기면 불안하고 초조해서 내가 무엇을 잘못 한 건 아닐까 하면서 나를 더욱 혹사해야 했다.

어느 순간 그런 내가 안쓰럽고 불쌍했다. 너무 힘들어서 이런 삶에서 변화를 꾀하고 싶었다.

우연히 원장님이 보시는 책을 구입해서 읽었다. 처음에는 잠이 오고 글귀도 들어오지 않았다. 잠생각에 빠져 한 권을 읽기가 어려워 중간쯤 읽고 다시 다른 책을 읽기 시작했다. 그렇게 시작한 책읽기가 어느 새 취미가 되었다. 어릴 때 시골의 가난한 집안에서 자랐기에 교과서 말고 책은 구경도 못해서 그런지 책에서 좋은 냄새가 났다.

예전에는 스트레스를 받거나 불안하면 술을 마시고 다른 사람을 원망하는 것으로 풀곤 했다. 하지만 책을 읽고 난 후부터는 달랐다.

남을 원망하는 마음이 나를 더욱 불안하게 한다는 것을

알았고, 남을 원망하는 마음속에는 무엇이든지 부정적으로 바라보는 나의 낮은 자존감이 있었기 때문이라는 것을 알았다. 그래서 새로운 도전을 두려워하고, 새로운 사람도 만나는 것을 두려워한다는 것을 알았다.

책을 읽으면서 이런 것에서 벗어나고 싶어 내가 가장 무서워하는 것을 해보기로 했다. 그렇게 시작한 것이 새벽 수영이었다. 나는 어릴 때 물놀이하다가 빠진 적이 있어 물을 정말 싫어했다. 그런데 수영을 시작하면서 낯선 곳에 가기 싫어하는 성격이 바뀌었고, 낯선 사람과 이야기를 나누는 것도 두려워하지 않게 되었다.

나는 조금씩 용기가 생겼다. 도전하는 것도 좋아하게 되면서 바디 프로필도 찍었다. 사람들 앞에만 서면 한 마디도 못하는 울렁증의 주인이었던 내가 직원들 앞에서 조회도 하게 되었다

독서모임은 내가 이렇게 변하는데 큰 도움을 주었다. 처음으로 모임에서 발표할 차례가 되었을 때 손은 떨리고, 속

도 울렁거리고, 심장은 콩닥콩닥 난리가 났었다. 거의 횡설수설 수준이었는데, 모두 귀를 기울여 주시고 호응도 잘해주어서 더욱 용기를 가질 수 있었다.

책을 만나면서 삶이 조금씩 변하기 시작했다. 일찍 출근해서 나만의 루틴으로 독서를 하기 시작했고, 저녁에도 술 대신 책을 읽으면서 스트레스를 푸는 습관을 가지게 되었다. 지금은 혼자서도 어떤 교육, 어떤 곳도 찾아가는 용기를 갖게 되었다.

예전에는 고객을 향해 웃어도 내 웃음이 아닌 얼굴로 일했는데, 요즘은 고객님의 헤어뿐만 아니라 삶의 행복을 디자인하는 행복 디자이너가 되어 있다.

그러다 보니 요즘은 힘든 일이 있거나 고민이 있으면 상담하기 위해 일부러 찾아오시는 고객님이 있어서 정말 행복한 날들이다.

집은 나 자신이고 가족 그 자체이고 생명이다

'내가 그 불길 속에 있었다면 어떻게 했을까?'

뉴스에서 고시원화재 사건을 접했다. 그 순간 제법 생생한 상상이 며칠 동안 내 머릿속을 떠나지 않았다.

대학 때까지 살던 집은 부산 변두리 18평 아파트였다. 부모님, 나, 여동생 둘이 살고 있었다. 묵묵히 공장에서 일하시는 아버지는 세상의 변화에는 둔감하신 분이었다. 엄마는 억척 아줌마로 막내 산후조리 후유증으로 허리가 많이 아팠다. 아버지 혼자 벌어서 다섯 식구가 먹고 살기에 힘이 들었다. 내가 초등학교 때는 거의 1~2년에 한 번씩 이사를 했다.

"왜 이렇게 자주 이사를 해?"

"돈이 없어서."

엄마의 대답을 들으며 나중에 크면 사업을 해서 돈을 많이 벌어야겠다고 마음먹었다. 초등 4학년 때부터 장래희망은 '사장'이었다.

한창 아파트 열풍이 불던 1980년대 중후반에 엄마도 남들처럼 집을 사고 싶으셨단다. 당시 부산의 주택가격은 천만 원대, 약간의 대출을 받아 주택을 사자고 여러 번 아버지를 설득했지만 거절만 당했다.

"돈을 더 벌어서 더 좋은 집을 사야지, 빚을 내서 허름한 집을 사서 뭐하나?"

아버지의 고집을 꺾을 수 없었던 엄마는 한 동네 사는 아줌마가 신축아파트 분양을 받기 위해 모델하우스에 갈 때 구경삼아 따라가셨다. 발 디딜 틈도 없이 사람들로 가득한 모델하우스, 용광로처럼 끓어오르는 사람들의 뜨거운 분양 열기에 엄마는 당신도 이 사람들처럼 줄을 서지 않으면 안 될 것 같은 묘한 느낌이 들었다고 한다.

엄마의 염원이 통해서일까? 직원의 실수로 아줌마에게

분양권이 2개가 주어졌고, 엄마는 신이 주신 기회라며 그 중에 1개를 배정받았다. 그것도 대출을 최소한으로 받을 수 있는 가장 작은 평수의 18평 아파트를.

아파트 입주는 1년 반 이후에 가능했다. 당시의 계약기간을 고려해서 딱 1년만 살 수 있는 또 다른 집으로 이사를 해야 했다. 그렇게 이사 간 집은 이전 집에 비교하면 상태가 요즘말로 '메롱'이었다. 한 동네에 같은 집이 줄 지어 들어선 기획주택으로 방 2개에, 가운데는 거실이라고 불리기엔 아주 작은 현관 겸 통로 공간이 전부였다. 작은 방과 연결된 부엌, 밖에는 창고와 수도, 변소는 대문 옆에 있었다. 변비 때문에 변소에 오래 쭈그리고 앉아 있곤 했는데 그때 정말 많은 생각을 했다. 희미한 백열등 아래, 진동하는 똥 냄새, 저린 다리를 달래기 위해 코에 침을 발라가며 이듬해 이사 갈 새 아파트를 갈망했다.

마침내 입주한 아파트는 그야말로 신세계였다. 깨끗한 내부, 넓은 방, 바닥에 앉아 놀아도 될 만큼 깨끗한 화장실. 모든 것이 좋았고, 신기했다. 매년 이사를 가지 않아도 되는 진짜 우리 집이라는 사실에 자부심도 생겼다.

몇 년이 지나자 엄마는 좀 더 큰 아파트를 분양받았어야 했다고 후회를 하셨다. 방 한 칸으로 여자아이 3명이 지내기에는 턱없이 좁았다. 엄마는 우리가 어른으로 성장하고 있었다는 것을 간과했다고 했다. 어렸을 때 그토록 갈망했던 우리 집, 18평 아파트가 대학졸업을 앞둔 시점에는 하루라도 빨리 독립해서 나가야 할 곳으로 전락하고 말았다.

좁은 집 탈출을 시도한 지 1여년 만에 이름만 대면 누구나 다 아는 대기업에 당당히 합격했다. 드디어 탈출에 성공했다.

"세상아 덤벼라, 내가 상대해주마!"

자신감이 하늘을 찌를 듯했다. 하지만 현실을 깨닫는 데는 3개월이 채 걸리지 않았다. 서울에서 근무해야 했기에 잠시 사촌언니 집에서 신세를 져야 했다. 이 집 또한 아주 오래된 서울, 강북 변두리 주택으로 코딱지 만한 방이 3개인데, 가운데 거실 겸 주방이 있는 구조였다.

당시 사촌언니는 부산에 살다가 결혼하면서 서울로 이주해 시어머니를 모시고 살았다. 언니의 시어른과도 잘 지냈고, 모두 잘해 주셨지만 언제까지나 신세만 질 수 없었기 때문에 하루빨리 내 아지트를 찾아야 했다.

엄마가 마련해 줄 수 있는 돈은 없었다. 둘째가 사립대학에 다니고 있었고, 막내가 고등학생으로 대학입시를 준비하고 있었기에 어쩔 수 없는 상황이었다. 오죽하면 엄마는 내가 서울로 취직해서 가는 것을 반대하셨을까?

하지만 나는 서울로 와서, 돈을 벌기 시작했고, 약간의 보증금만 구할 수 있으면 월세는 벌어서 충당할 수 있을 것 같았다.

당시 언니 집은 미아동에 있었다. 언니 집에서 가깝고 저렴한 집이 많은 곳은 '응답하라 1988'에도 나왔던 혜화동이었다. 대학가 근처이고, 지하철도 걸어서 이용할 수 있으니 좋을 것 같았다.

조건에 맞는 집이 있다고 부동산에서 연락이 왔다. 첫째 집은 8평 정도의 원룸이었다. 세를 놓기 위해서 옥상에 만들어 놓은 아주 작은 집인데, 아래층에서 들어갈 수 있는 계단이 없어서 위쪽의 도로와 철제 계단으로 연결해 놓았다. 괜히 발이라도 헛디디면 3층에서 떨어질 수 있는 아주

위험한 곳이었다. 고소공포증이 있는 나는 집에 들어가는 것조차 무서웠다. 내부에는 싱크대 하나와 달랑 한 사람이 누울 수 있는 공간이 전부였다. 8평은커녕 4평도 채 되지 않아 보였다. 보증금 200만원에 월 20만원으로 조건은 좋았지만, 내가 머물 공간은 아니었다.

부동산 사장님은 좀 더 깨끗한 집이 있다며 그곳에서 한참 걸어 올라가는 곳으로 안내했다. 사람과 차가 함께 다니는 작은 언덕길, 한편에 세워진 컨테이너, 창문이 나 있고, 불빛이 새어 나왔다. 문을 두드리니 젊은 여성이 문을 열어주었다. 들어가 보니 지금의 세입자도 혼자 살고 있는 듯했다. 침대, 화장대, 싱크대, 옆에 작은 욕실, 나쁘지 않아 보였다. 그런데 전세로 800만원이란다. 입이 벌어졌다. 더구나 컨테이너인데다가, 창문에는 방범창이 설치되어 있었지만 지나가는 사람이 나쁜 마음만 먹으면 얼마든지 범죄의 표적이 될 수 있는 곳이었다. 조건에 비해 지나치게 비쌌다. 목돈을 구할 수도 없었지만, 이곳에서 살면 무슨 일을 당할 것 같은 두려움이 등골을 스쳤다.

언니 집으로 돌아오는 차 안에서 나도 모르게 굵은 눈물방울이 볼을 타고 내렸다.

'이렇게 큰 서울이라는 도시에 내가 머물 수 있는 작은 공간이 하나 없나?'

며칠 후 우리 회사 신입사원 동기 Y씨가 회사 근처 고시원에 거처를 마련했다고 자랑하듯 말했다. 고시원? 귀가 솔깃해진 나는 Y씨에게 고시원에 관한 정보를 들었다. 고시를 준비하는 사람들이 방해받지 않고, 혼자 공부하기 위해서 만들어진 미니 원룸이다. 지방에서 올라온 사람들이나, 적은 비용으로 단기간 살 곳이 필요한 이들이 많이 거처하는 곳이란다. 개인 독방이 있고, 화장실, 욕실, 주방, 세탁기는 공동으로 사용 가능하다며 그런대로 괜찮다고 했다. Y씨는 '내가 고시원에 사는 게 뭐 어때?' 하는 천진난만한 표정으로 나에게 자세하게 설명해 주었다.

궁금했다. 내부는 어떨까? Y씨를 따라갔다. 여성들만 사용하는 층과 방을 꼼꼼히 둘러보았다. 좁은 통로를 따라 똑같은 여러 개의 문이 줄지어 있고, 그 중에 하나의 문을 열고 들어가니 정면에 책장과 상판으로 연결된 책상이 있다. 책상 아래로 작은 싱글침대 반이 쑥 들어가 있다. 잠을 잘 때 머리는 바깥에 나와 있지만, 다리는 책상 안쪽으로 들어

가게 되는 셈이다. 벽에는 간이선반이 있고, 문이 있는 곳을 제외하면 삼면이 그냥 벽이다. 침대 옆쪽에는 한 사람이 겨우 앉아 있을 정도의 공간이 있다.

회사에서 하루 종일 생활할 예정이니, 나에게는 이곳이 그리 나쁘지 않다는 생각이 들었다. 보증금 없이 월세 20만 원, 회사도 걸어서 10분 거리여서 바로 이사 날짜를 잡았다.

언니와 형부의 도움으로 부산에서 가지고 왔던 짐을 쉽게 옮길 수 있었다. 행거를 달고, 책을 정리하고, 서울 오기 전 엄마가 정성스럽게 만들어준 이불을 침대에 정리해 놓으니, 그런대로 나만의 아지트가 되었다.

그동안 얼마나 나만의 방을 갖고 싶어 했던가? 하지만 그 기쁨도 잠시였다. 방에 창문이 없으니 아침이나 밤이나 불을 끄면 그냥 동굴과 같은 암흑세계였다. 알람시계만이 나를 환한 세상으로 안내하는 고마운 존재였다. 일을 마치고 저녁에 라디오도 제대로 맘 놓고 들을 수 없는 고시원 방으로 돌아오면, 나는 폐쇄된 회로에 갇힌 기계부품처럼 아무것도 할 수 없는 무능한 인간이 되어 갔다.

뉴스에서 접한 고시원 화재가 한동안 뇌리에서 떠나지

않는 이유가 여기에 있었다. 지금도 그 생각만 하면 온몸에 소름이 끼칠 정도다.

> "집은 물질이 아니야. 물질을 넘어선 거지. 그건 나 자
> 신이고 가족 그 자체이고 생명이다."
> - 이어령, 『딸에게 보내는 굿나잇 키스』 67쪽.

독서모임에서 책을 읽다가 이 문장을 보고, 그 동안 내가 살았던 집에 대해 한참이나 생각했다. 고시원 이후 결혼하기 전까지 많은 거처를 옮겨 다녔다.

이후에도 내가 편하게 느끼는 집은 없었다. 여러 가지 사정으로 이리저리 이사를 더 다녀야 했다.

이제야 이사를 많이 다녀야 했던 이유를 알 것 같다. 내가 갈망했던 집은 비싼 집도 좋은 집도 아니었다. 편히 쉴 수 있는 최소한의 공간과 가족이 함께 오순도순 살 수 있는 곳이면 족했다.

'나를 말해주는 진정한 집을 만나지 못했구나.'

집은 내가 살 수 있는 원동력이다. 지금의 우리 집이 그렇다. 8년을 살았다. 부산에서 가장 저렴한 아파트 중의 하나이다. 대출금도 반이나 남았고, 자가용차 없이는 교통도 무척이나 불편하다. 하지만 나의 삶의 가치를 느끼게 해 준 집이 바로 현재의 우리 집이다.

그러고 보니 예전에 18평집에서 다섯 식구의 행복을 꾸리기 위해 애쓰시던 부모님의 모습이 생생하게 느껴진다. 어릴 때는 당연한 것으로 여겼던 것을 마흔이 넘어서야 부모님과 가족의 소중함을 이해할 수 있게 되었다.

"가화만사성."

요즘 이 말을 자주 되뇐다. 집이 화목하면, 나도 잘 되고, 가족의 구성원인 개개인도 잘 되고, 일도 잘 되고, 사회생활도 잘 된다.

집의 화목은 집의 크기로 이뤄지지 않는다. 집을 구성하는 가족들로 이뤄진다. 생명이 살아 숨 쉬는 소중한 집이 있기에 오늘도 나는 살아가는 이유를 생각하게 된다.

어떻게 살고 있나요?

한 번뿐인 인생,

48

나는 오늘도 바다로 떠난다. 아니, 나는 오늘도 바다 속 세상으로 떠나고 싶다. 나의 소망이자 꿈이다. 매일 매일 밥을 먹는 것처럼 하루에 한 번씩 바다로 떠나고 싶다. 그렇게 하지 못하니 그리움이 많다.

지금 하고 싶은 것을 하고 있는가?

해보고 싶은 일을 하고 있는가?

미래를 위해 현재를 포기하고 나중을 위해 지금 미뤄두는 일은 없는가?

남편이 있고 고등학교 2학년 딸과 중학교 3학년 아들이 있다. 43살, 간호사로 일한 지 20년째가 되어 가는 워킹 맘이다. 3년 전인 40살부터 그토록 하고 싶었던 스킨스쿠버를 배워 행복하다.

　병원에서 2014년 캄보디아로 의료봉사를 갈 일이 생겼다. 7박 9일의 긴 일정이었다. 가족이 있기에 의료봉사를 간다는 것이 쉽지 않았다. 당시 딸이 초등학교 6학년, 아들이 4학년이었다. 여행을 가더라도 항상 가족 4명이 다녔다. 나 혼자 어디를 간다는 것은 상상도 할 수 없는 일이었다.

　맞벌이를 하기에 남편은 집안일을 많이 도와주었다. 아이들의 아침밥과 학교에 데려다 주는 역할까지 성실하게 잘해 주었다. 그래서 더욱 눈치가 보였다.

　해외봉사를 가기 위해서는 뭔가를 잘 해야 한다는 생각이 들었다. 그래서 집안일도 더 열심히 하고, 아이들도 더 잘 챙겼다.

　평소 봉사활동을 갈 기회가 있으면 꼭 가고 싶다는 말을 남편에게 자주 했다. 이번에는 남편이 며칠 생각하더니 허락해주었다. 너무나 감사하고 고마웠다.

그렇게 의료봉사를 가서 일을 마치고 워크숍을 위해 안찬 지역에서 다른 지역으로 이동하는 버스 안이었다. 그날, 그 시간, 그 버스 안 풍경이 아직도 생생히 떠오른다. 연한 무지개 빛 햇살이 한 가득 버스 창문을 비추고 있었다. 두런두런 옆에 앉은 사람끼리 이런저런 얘기를 하는 중에 "스킨스쿠버"라고 말하는 소리가 귀에 쏙 박혔다. 바로 고개를 돌려 보니 같이 자원봉사를 온 나이가 어느 정도 있는 사장님이었다.

나는 물을 좋아하고 바다 속을 감상하는 것을 좋아했다. 스노쿨링으로는 깊이 못 들어가는 것이 늘 불만이었다. 스킨스쿠버를 꼭 배워야겠다는 생각을 수년 전부터 하고 있었는데, 버스 안에서 그 말을 듣고, 거리가 조금 떨어져 있는 사장님 옆으로 갔다. 봉사 와서 처음 뵌 분이었지만 나는 '스킨스쿠버'가 하고 싶어서 많은 질문을 했다.

"사장님, 스킨스쿠버 하신 지 오래되셨어요?"

"사장님, 스킨스쿠버 하면 위험하지 않나요?"

"사장님, 스킨스쿠버 하러 어디 어디 가보셨어요?"

사장님은 친절하게 대답해주셨다. 같은 부서 유미도 스킨스쿠버에 관심이 많았다. 그 자리에서 시간 가는 줄 모르고 사장님과 대화를 나누며 당장이라도 스킨스쿠버 가는 것처럼 즐겁고 행복한 시간을 보냈다.

사장님은 동호회를 운영하고 있으니 참석하면 많은 이야기를 들을 거라며 동호회 참석을 권유하고 스킨스쿠버에 대한 얘기를 마쳤다.

귀국해서 남편에게 들뜬 기분으로 말했다.

"여보, 스킨스쿠버 배우러 가고 싶어."
"그건 너무 위험해서 안 돼!"

이후에도 틈만 나면 스킨스쿠버에 대한 얘기를 꺼냈지만 남편은 너무 위험하다는 이유로 허락하지 않았다. 뭐든지 해보라고 응원해주고 격려해주는 남편인데, 너무나 강경하게 반대하는 말에 한동안 스킨스쿠버는 말도 꺼내지 못했다.

어느 날 유미가 스킨스쿠버 동호회 간다는 얘길 얼핏 들었지만 시간은 속절없이 흘러갔다.

2015년 12월 딸 민정이가 입원을 했다. 태어나면서부터 고관절탈구 진단을 받고 수술을 여러 번 했었는데 탈구된 고관절이 제자리를 찾지 못해 성장판이 닫힌 후 마지막 수술을 해야 했다.

얼마 안 있어 병원 간호사 선배도 입원했다. 난소암이었다. 대학 동문으로 한 달에 한 번 만나 밥 먹고 차 마시고 이런저런 수다를 떨던 몇 안 되는 내가 좋아하는 선배였다.

민정이가 수술하고 왼쪽다리 마비가 오고 통증이 심할 때 선배도 수술을 해서 경과를 지켜봐야 했던 시기였다. 수술하고 항암치료를 하면 좋아질 거라는 기대로 선배에게 병문안을 가곤 했다. 선배는 입원과 퇴원을 반복하며 몸이 좋아지는 듯 나빠지는 듯하는 상태를 반복했다.

직장 생활을 무탈하게 잘 하고 있었지만 딸아이 간호를 위해 일 년 휴직을 했다. 민정이는 다행히 느렸지만, 재활치료를 하면서 다리 움직임이 호전되었고, 통증도 점차 감소되었다.

그런 중에 선배에게 병문안을 다녀오면서 남편에게 말했

다.

"여보, 선배가 좀 좋아졌더라, 우리는 하고 싶은 거 하면서 살아가자. 아프면 하고 싶어도 할 수가 없잖아."

"여보, 선배가 안 좋아져서 많이 힘들어 하시네. 항암치료가 효과 있는 듯했는데 재발이 됐대. 자기는 뭐 하고 싶은 거 없어?"

"여보, 선배가 우리랑 밖에서 밥 먹고 싶다는데 언제쯤 그렇게 할 수 있을지 모르겠대."

선배에게 다녀올 때마다 남편에게 하소연하듯이 선배의 상황을 얘기하면서 우리는 하고 싶은 거 미루지 말고 젊을 때, 그때그때 하면서 살자고 계속 말했다.

"여보, 내가 지금 죽는다고 생각하면 후회되는 것이 딱 한 가지 있는 거 같아."

"그게 뭐야?"

"스킨스쿠버 안 한 게 엄청 후회될 거 같아."

"······"

선배가 안 좋다는 말을 듣고 병문안을 갔을 때 폐에 물이 찼다며 힘들어 했다. 51세, 너무나 젊기에 그리고 암을 진단받고 항암 치료하는 과정을 알기에 마음이 너무 아팠다.

'내가 만약 저 상황이라면 후회되는 일이 뭘까?'

이런 생각을 자주 했다. 다양한 환자들을 간호하고 경험했지만, 나랑 잘 아는 사람의 병의 진행과정을 보는 것은 많은 생각과 고민을 하게 했다.

선배가 사경을 헤매는 모습은 정말 지켜보기가 너무나 힘들었다. 그때마다 남편에게 선배의 상황을 알려주니 마음 아파했다.

"자기야 자기는 뭐 하고 싶은 거 없어?"

"응, 나는 없어."

"난 스킨스쿠버하고 싶은데…."

내가 집요하게 말하니까 마침내 남편이 다녀오라고 했다. 거의 3년이 넘는 긴 설득의 시간을 필요로 했다.

그때 사랑하는 선배는 돌아가셨지만, 나에게 후회하지 않고 지금 내 인생에 최선을 다해 살아가는 법을 알려주었다.

마침내 나는 스킨스쿠버를 배우러 캄보디아 봉사 때 만났던 사장님과 유미랑 함께 세부로 갈 수 있게 되었다. 2017년 10월, 내가 정말 보고 싶었던 바다 속을 구경하러 김해공항으로 비행기를 타러 갔다. 그 설렘이란…. 가슴이 두근두근, 걷는 게 아니라 날아다니는 기분이었다.

위험하기 때문에 안 된다는 이유로 반대했던 남편을 설득하지 못했다면 나는 아직도 꿈만 꾸고 있었을 것이다. 나이가 들어 더 용기가 나지 않을 것이고, 항상 마음 속에 꿈으로만 간직하고 있었을 수도 있다. 엄마라는 이름으로, 아이를 케어 해야 한다는 이유로, 그런 미안함에 내 꿈을 포기했다면 나는 내내 후회만 하고 있을 것 같았다.

부산큰솔나비 독서모임 중에 지정도서인 『딸에게 보내는 굿나잇 키스』를 읽고 관련 영상을 보는데, 그 영상 내용 중에 이어령 박사님의 말씀이 가슴을 울렸다.

"젊은이는 늙고 늙은이는 죽어요, 한 번뿐인 내 인생, 어떻게 살고 있나요?"

"내 삶은 내 것이기 때문에 남이 어떻게 할 수가 없어요, 그걸 늙어서 깨달으면 큰일 나요."

"내일 산다고 생각하지 말고 오늘 이 순간의 현실을 잡으세요."

그 순간 스킨스쿠버를 배우러 가길 잘했다는 생각을 했다. 물론 남편과 아이들을 두고 하고 싶은 것을 배우러 갔다고 하면 곱지 않은 시선으로 보는 이들도 있을 것이다. 하지만 그만큼 용기도 필요했다. 내 삶은 다른 사람이 대신 살 수 없기에 때로는 힘든 순간이 있더라도 내가 할 수만 있다면 그때그때 도전해보는 용기가 필요하다.

대신 내가 하고 싶은 것을 한 만큼 평소에 남편과 아이들에게 배 이상으로 잘 해주면 되지 않겠는가?

"누구에게나 주어진 한 번의 삶, 그 시간을 어떻게 보내는가는 각자에게 달려 있어요, 인생은 한 번뿐이에요. 최대한 열심히 사는 게 삶의 의무예요."

- 조조 모예스, 『미 비포 유』 중에서

나는 소망한다. 자주 갈 수는 없으니 1년에 두 번은 꼭
가자는 것을 소망으로 기록했다. 1년에 두 번 간다면 60세
까지 몇 번을 갈 수 있을까? 앞으로 40번은 가겠구나.

물론 소망을 다 이룰 수 있는 것은 아니다. 2018년에는
한 번 다녀왔고, 2019년에는 5월초에 다녀왔다. 하반기에
한 번 더 가야 두 번이라는 소망을 이룰 수 있다.

"다음에 하지 뭐."

하고 싶은 일이 있는데, 원하는 일이 있는데, 여러 가지
이유로 이렇게 말하는 이가 있다면 나는 이렇게 묻고 싶다.

"시간은 흘러서 나이가 들어갈 텐데, 한 번뿐인 인생, 여
러분은 어떻게 살고 있나요?"

한 번뿐인 인생

2부

정인구 •————————————

철이 들 무렵에 내게 아버지가 안 계시다는 것을 알았다. 가끔 '아비 없는 후레자식'이라는 말을 들을 때면 애써 못 들은 체했다.

"아무도 모르게 죽을 거다."

어머니는 자주 하시던 말씀대로 내가 결혼도 하기 전에 돌아가셨다. 임종도 지켜보지 못했다. 의사는 어머니가 초저녁에 주무시다가 돌아가신 것 같다고 했다.

"엄마가 아파서 병원에 입원하셔야 될 것 같아."

결혼하기 전에 여자 친구한테 전화가 왔다. 여자 친구의 오빠는 서울에 계셔서 집에 남자가 없었다. 비가 부슬부슬 오는데 2층 집에서 장모님 될 분을 업고 계단을 내려오는데 다리가 후들거렸다. 예비 장모님도 그렇게 병원에 계시다가 돌아가셨다.

우리는 양친이 없는 상태로 결혼식을 올렸다. 서로의 외로움을 달래기 위해 서둘러 결혼했는지도 모르겠다. 아무것도 준비되지 않은 채 단칸방에서 신혼생활을 시작했다.

자녀의 탄생은 축복이고 행복인 줄 알았다. 하지만 기쁨은 잠시 육아 전쟁이 시작되었다. 맞벌이 부부였기에 아침마다 놀이방에 아이를 맡겼다. 저녁에는 직장상사의 눈치를 보면서 아이를 데리러 가야 했다.

육아는 당연히 아내의 몫이라 생각했다. 지금 생각하면 그때 못해 준 것들이 너무나 미안하다. 직장생활을 하면서 회식이 잦았고 늘 술에 취해 귀가했다. 가족을 위해 돈을 벌어야 한다는 이유로 직장에서 살아남기 위해 술집과 직장만을 전전했다.

아내는 어린 나이에 투정할 어머니도 없이 생활하다 보

니 신혼 때 고분고분 하던 성격이 변해갔다. '최 뿔따구, 강
고집'이라는 말을 증명하듯이 '고집 센 강씨'로 변해 갔다.

누구인들 그런 환경에서 변하지 않을 수 있으랴!

천년만년 청춘일 것 같던 시간이 흘러 어느 새 퇴직이 눈
앞이다. 왜 그토록 소중한 시간을 허비하며 살았는지 한심
한 생각이 든다. 자녀의 재롱도, 행복한 결혼생활도, 행복한
여행도, 하고 싶은 일도 제대로 해보지 못했는데 벌써 머리
가 희끗희끗 환갑이 눈앞이다.

"오늘이 마지막 날이다."

스티브 잡스는 매일 아침 거울을 보면서 이렇게 자기암
시를 했다고 한다. 오늘이 마지막인 것처럼 생각하고 하루
도 허투루 살지 않겠다는 결의를 다진 것이다.

칼 아돌프 아이히만은 독일의 나치스 친위대 중령으로
제2차 세계대전 중 수백만의 유대인을 학살한 전쟁 범죄인
이다. 그는 전쟁에서 패배하자 아르헨티나로 도망을 갔다.
15년간 숨어 지내다가 이스라엘 비밀 조직에 체포돼 이스

라엘로 압송되었다. 이듬해 예루살렘에서 재판이 열렸고, 결국은 교수형에 처해졌다. 최후진술에서 검사가 물었다.

"당신의 죄가 무엇인지 아는가?"

아이히만은 당당하게 대답했다.

"나는 단지 명령을 따랐을 뿐이다. 신 앞에서는 유죄이지만 이 법 앞에선 무죄다."

검사는 뻔뻔함을 보면서 이렇게 말했다.

"당신의 죄는 첫째로 의심하지 않은 죄, 둘째는 생각하지 않은 죄, 셋째는 행동하지 않은 죄다."

'의심하지 않은 죄'는 상부의 명령이 옳은 것인지 의심하지 않았다는 것이고, '생각하지 않은 죄'는 자신의 행동이 누구의 무엇을 위한 것이었는지 생각하지 않았다는 죄다. 또 '행동하지 않은 죄'는 명령이 잘못됐다고 생각했으면 행동을 통해 명령을 거부했어야 하는데 그러지 않은 죄가 크다는 것이다.

나 또한 이 세 가지 죄로부터 자유롭지 못했다. 의심하지 않았고, 생각하지 않았고, 행동하지 않았다. 가정을 팽개치고, 오로지 일에만 매달렸다. 회식하고 새벽 2시 이전에 집에 들어온 적이 거의 없었다.

그 당시는 사회 통념상 당연한 줄 알았다. 아무 생각 없이 세월만 삼켜버렸다. 돌아오니 아이들은 이미 자라버렸고, 가정 또한 위기에 있었다. 그 죄가 얼마나 큰지 정말 몰랐다.

그나마 다행이라면 정년을 앞두고 '의심하고, 생각하고, 행동하기' 시작했다는 것일까? 책을 읽으면서, 독서모임을 하면서 소소한 행복의 소중함을 느끼기 시작했다.

그동안 행복을 멀리서 찾으려고만 했다. 가족의 행복을 위해 일한다면서 진작 챙겨야 하는 가족을 등한시 하고 사회라는 굴레에서 나란 존재는 철저히 무시하며 살아왔다. 그것이 최선인 줄 알았다. 열심히 살아온 것 같은데 행복은 저 멀리 뭉게구름 위에 있다.

영어로 하루는 '선물(Present)'이다. 또 다른 의미로는 '현재'다. 가난하든 부자든 젊거나 늙은이든 누구에게나 공평하게 하루 86,400초의 시간이 주어진다. 그 소중한 선물을 얼마나 잘 활용하느냐에 따라 행복이 결정된다.

"젊은이는 늙고 늙으면 반드시 죽는다."

이어령 교수의 글을 읽으며 죽음에 대해 생각하기 시작
했다. 인간은 태어나자마자 죽음의 종착역을 향해 열심히
달려간다. 죽음으로 가는 열차에 몸을 맡긴 채 잠시도 쉬지
않는다.

잠시 간이역에 내려 본다. 지나온 역들을 돌아본다.

왜 진작 책을 보지 않았을까?

내가 보내는 이 시간이 내 미래라는 것을 한 번만 깊이
생각했더라면 얼마나 좋았을까? 그렇게 열심히 달려올 필
요는 없었는데, 내가 하고 싶고, 좋아하는 것을 하나씩 하
면서 달려도 늦지 않는데….

유명희 ●─────────────────

'사람들은 글을 어떻게 쓸까?'

학창시절 글이 쓰고 싶어서 잠깐 문학 동아리에도 들어 갔다. 시원하게 써지지가 않아서 늘 아쉬웠다. 글을 쓰고 싶어서 몇 년 동안 매년 『이상문학상 작품집』을 사서 본 적도 있었다. 글쓰기에 관심이 많았고, 글을 잘 쓰고 싶었 다.

하지만 결혼 후 세 아이의 육아와 직장일 등으로 일상에 밀려 글쓰기는 마음 한켠에 묻혀만 있었다. 그 시간이 길어 지면서 글쓰기는 점차 포기 상태에 이르렀다.

그러던 중에 부산큰솔나비 독서모임을 만났다. 바람 한 점 없는 뜨거운 뙤약볕을 지우고 시원한 소나기가 내리는 모습을 지켜보는 것처럼 내 마음에 모든 응어리들이 씻겨가는 느낌이다.

그동안 나는 독서모임을 통해 크게 세 가지를 얻어서 내 인생의 전환점을 가질 수 있었다.

첫째, 책쓰기에 대한 희망을 얻었다. 내가 바쁜 것처럼 독서모임 회원들도 바쁠 텐데 글을 쓰는 모습이 존경스러웠다. 이전까지는 책을 쓰려면 등단이라는 과정을 거쳐야만 하는 줄 알았다. 매년 신문에 발표되는 신춘문예상을 오려서 수첩에 붙여놓고 응모하는 상상을 하였다. 하지만 10여 년 넘게 응모하여도 떨어졌다는 사람들의 이야기를 들으니 시작하기가 두려웠다. 당선작을 읽으면서 그 높은 수준에 질려서 몇 번 시도하다가 포기한 상태였다.

그러던 중에 독서모임에서 2주에 한 번씩 책을 '읽고, 보고, 깨닫고, 적용할 것'에 대해 이야기를 나눴다. 회원들이 대부분 책을 많이 읽기에 자극을 받아 나도 한해 100권 이상 읽어야겠다는 다짐을 하였다. 글쓰기에 관련된 책도 몇 권 읽으며 생각이 바뀌기 시작했다.

> "나의 모든 삶의 부분들이 글쓰기의 소재가 될 수 있다."
>
>   - 양원근의 『글쓰기가 이렇게 쉬울 줄이야』에서

아픔, 기억, 노력, 취미, 삶 등이 모두 글쓰기의 소재가 될 수 있다니! 살아가는 모든 것이 글쓰기의 소재가 될 수 있다는 말은 내게 자신감과 용기를 주었다.

5년 전에 간헐적으로 모이는 한 모임에서 네 번째 책을 낸 작가를 만났다. 경찰이고, 임신한 상태였다. 4권의 책을 출간하기까지 3년이 걸리지 않았다고 했다. 새벽 4시부터 1시간씩 20여일 쓰니까 초고가 나왔다고 했다. 임신 전에는 4시에 일어났지만 임신 중인 지금은 새벽 5시에 일어나서 1시간 이상씩 꾸준히 쓰고 있다고 했다. 그 분의 말을 들은 후 나는 하루에 30분씩 쓰기로 했다.

'하루에 30분이면 충분히 낼 수 있는 시간인데 매일 일정한 시간에 쓴다면 길게 잡아도 일 년에 한 권은 쓸 수 있지 않을까?

그동안 글쓰기는 골방이나 자연에 파묻혀서 산고의 아픔을 느끼며 써야 하는 것으로 생각하고 있었기에 당연히 글쓰기는 나의 하루 일상생활 일과표에 없었다. 하지만 지금은 편안한 마음으로 새벽에 컴퓨터 앞에 앉아 꾸준히 글을 쓰고 있다.

둘째, 함께 하면 이룰 수 있다는 것을 얻었다. 글쓰기가 쉽다는 것을 '보고, 듣고' 자신감을 가졌다.

부산 큰솔나비에서 회원들의 좋은 습관을 만들고 유지할 수 있도록 리더님이 100일 동안 '성공습관프로젝트'를 진행해 주셨다. 이 프로젝트 팀에 동참하면서 평소에 글을 쓸 시간이 없다고 생각했던 고정관념이 바뀌기 시작했다. 좋은 습관을 들이고 싶은 몇 가지 중에 '매일 30분 이상 글쓰기'를 넣었다. 그러고 나니 매일 쓴 글을 인증사진으로 공유해야 했다. 습관들이기 약속이니 지키지 않을 수가 없었다.

주말에 가끔 한두 번씩 빠질 때도 있었지만, 주중엔 거의 매일 꾸준히 쓸 수 있었다. 거의 매일 글을 쓰니 머리에서 생각 정리가 되고, 쓸 내용들이 계속해서 생각났다. '성공습 관프로젝트'를 계기로 평생 글을 쓸 수 있는 힘을 얻었다.

이전에 혼자 결심했을 때는 무슨 핑계를 대서라도 우선 순위에서 밀어놓다 보니 글쓰기 자체를 시도조차 할 수 없었다. 그런데 지금은 함께 하니 약간의 강제성도 있고, 서로에게 자극을 받으니 어떻게든 글을 쓰게 되었고, 지금 이렇게 쓰고 있는 나를 발견하고 있다.

모든 것이 독서모임에서 선배님들과 함께 했기 때문에 가능한 일이다.

셋째, 시간에 끌려 다니는 인생이 아니라, 시간을 지배하는 인생을 얻었다.

앤서니 라빈스의 『네 안에 잠든 거인을 깨워라』에서 '운명을 좌우하는 세 가지 결단 결의문'을 읽었다. 나는 이 질문에 대해 다음과 같이 정했다.

1) 어디에 관심을 둘 것인가?

: 전쟁고아 등 헐벗고 굶주린 아이들 지원에

2) 그것은 내게 무엇을 의미하는가?

: 나를 이 세상에 건강하게 태어나게 하신 하나님께 내가 받은 달란트로 세상을 섬기는 의미

3) 원하는 결과를 얻기 위해 지금 무엇을 할 것인가?

: 이웃에게 선한 영향력을 끼치는 작가가 되어 그들을 돕는 일을 하면서 지금 바로 행복한 삶을 사는 일

이 중에 세 번째를 정하는 것이 가장 어려웠다. 이전에는 막연하게 '무엇을 해야 한다'는 강박관념은 있었으나 뭔가 이루어지는 것이 없었다. 이제 생각해보니 진정으로 내가 원하고, 좋아하는 것을 하지 않아서인 것 같다.

몇 년 전 '내가 관심 있고, 의미 있는 것'을 하기 위해 노력했던 적이 있다. 전 직장에서 개인병원의 임상병리사로 근무를 했었다. 개인병원 대부분이 토요일까지 근무를 한

다. 교회에서 유치부 봉사를 하는데 토요일에 모여서 주일 예배준비를 할 때도 있어서 토요일에 쉬는 직장을 가고 싶었다. 그리고 가족과 함께 좀 더 시간을 보내고 싶었다. 또한 개인적으로 아프리카 등의 어린이 몇 명을 돕고 있는데 좀 더 돕고 싶었다.

그래서 수입이 개인병원보다는 좀 더 좋은 공무원이 되고자 공부를 시작했다. 2년 동안 직장생활을 하며 공무원 공부를 병행했다. 그러다 보니 아이들 저녁식사를 챙겨주지 못했다. 남편이 말없이 도와주어서 고마웠지만 결과는 좋지 않았다. 건강이 나빠지면서 마음도 지쳐갔다. 나도 가족도 모두 힘든 시기였다.

나중에 행복하자고 하는 일이 지금 당장 나뿐만 아니라 가족까지 힘들게 만들고 있었던 것이다. 이렇게 사는 것이 과연 옳은 삶인가 회의에 빠지기 시작했다.

나의 삶은 어느 시기에나 '무엇을 얻기만 하면 그때는 원하는 삶을 살 수 있을 거야'라는 생각의 연속이었다. 돈이든 시간이든 건강이든 바로 지금 행복한 삶을 살고 있는 것이 아니라, 행복은 늘 '원하는 것을 얻은 후인' 미래에 있는 것으로 생각하고 있었다.

중고등학교 시절에는 '대학만 가면 행복할 거야', 대학생 시절에는 '졸업해서 취직하면 행복할 거야', 직장에 취직해서는 '공무원이 되면 행복할 거야'. 이러고 있는 나 자신을 발견한 것이다.

그러자 갑자기 정신이 확 들었다.

'그 웃는 날을 지금으로 바꾸면 안 될까?'

'지금 이 순간을, 매일 매일을 즐거움의 연속으로 살아가면 안 될까?'

'순간을 행복하게 보내는 방법엔 무엇이 있을까?'

바로 지금 좋아하는 일을 해야겠다는 생각이 들었다. 그 좋아하는 일을 가치 있는 일로 만들어 가면 더할 나위 없이 행복할 것이라는 생각이 들었다.

이런 생각에 미치면서 나는 '원하는 결과를 얻기 위해 지금 무엇을 할 것인가?'의 대한 답으로 '이웃에게 선한 영향력을 끼치는 작가가 되어 그들을 돕는 일을 하면서 지금 바로 행복한 삶을 사는 것'으로 정했다.

지금 현재를, 지금 이 순간을 생애 가장 행복한 순간으로 생각하며 살아갈 방법은 무엇일까? 내가 좋아하고 가치 있는 일을 하는 것이다. 가치 있는 삶을 위해 한 걸음씩 내딛는 삶을 살면 행복은 지금, 바로, 현재에 누릴 수 있다.

지금 내 글을 읽은 이들에게 행복한 삶의 이정표가 되고 싶다. 속도를 내며 살아왔던 내가 겪어야 했던 시행착오를 보여줌으로써 그들이 조금이라도 시행착오를 덜 겪고 올바른 방향으로 걸어가게 해주고 싶다.

내가 좋아하는 글쓰기를 하면서, 더불어 세상에 선한 영향력을 끼치는 가치 있는 일을 하고 싶다. 바로 지금 행복하게 사는 삶으로 안내하고 싶다. 그래서 오늘도 나는 행복한 글쓰기를 하고 있다.

김정윤

재테크, 어디까지 해봤니?

요즘 나의 일상은 더 많은 부의 축적에 관심이 쏠려있다. 외벌이 가장으로서 3자녀의 가정을 지키기 위한 몸부림이다. 그래서 재테크를 위해 주식, 선물, 부동산 순으로 실투자 및 공부를 병행하고 있다.

주식시장은 95%의 개미들(개인투자자)이 연중 개미핥기(외국인, 기간, 여러 금융회사, 자금력이 큰 각종 세력들)의 소중한 밥이 되고 있는 곳이다. 평균적으로 딱 5% 정도의 개미만 살아남는 무서운 시장이다. 그래서 극단적으로 도박판이라고 표현하는 사람도 있다.

나는 주식이 뭔지도 모르는 사회 초년생으로 직장의 첫발을 내디뎠다. 그런데 우리 회사가 상장한다는 뉴스가 들렸다. 세상에나! 직원들에게 스톡옵션이란 걸 준다는 소문도 들렸다.

'좋은 건가 보네. 나중에 돈이 좀 생기나 보네.'

스톡옵션이 뭔지도 몰랐던 시절이다. 분위기상 이렇게 생각할 정도였다. 동료와 선배들에게 귀동냥을 해서 알아보니 회사가 상장되면 연차를 달리 해서 주식으로 보너스를 준다는 것이었다.

그저 좋았다. 회사가 보너스를 준다는데 싫어할 월급쟁이가 어디 있겠는가?

실제로 회사가 상장된 후에 몇 년 지나 나의 주식계좌로 생각 이상의 주식이 들어왔다. 팔면 금방이라도 돈으로 바꿀 수 있지만, 평생 주식이란 걸 사고 팔아본 적이 없기에 이게 돈이라는 게 실감나지 않았다.

나중에 동료의 도움을 받아 팔고 나서 현금으로 받으니 실감이 났다. 주식을 파는 시점이 상장 당시보다 훨씬 가치가 올라 있었다. 주식도 돈이었다. 그것도 당시로선 내가 생각지도 못한 큰돈이었다.

그때부터 주식을 보는 눈이 달라졌다. 주식은 나의 주머니를 불려주는 중요한 수단이라고 생각했다. 이거 제대로 타이밍만 맞으면 일확천금도 이룰 수 있겠다는 생각을 했다.

회사의 상장으로 생애 최초, 단 한번의 주식매각 경험을 맛본 후 나의 정신은 구름 위를 붕 떠다니고 있었다. 여유돈이 있을 때마다 여러 종목의 주식을 사고 팔고를 되풀이했다. 하지만 결과는 참담했다. 10만 원을 투자하면 7만 원이 남고, 100만 원을 투자하면 60만 원이 남고, 500만 원을 투자하면 200만 원이 남는 식이었다. 수익금이 아닌 원금 얘기다.

정말 암울했다. 아니 미쳤다. 시간이 지날수록 주식이 점점 무서워졌다. 사회 초년생에게 주식을 알게 해 준 회사가 한없이 원망스러웠다.

하지만 지금은 다르다. 숱한 좌충우돌 끝에 살아남은 5%의 개미에 들어갔다. 그동안 엄청난 수업료를 지불한 대가였다. 요즘은 매일, 매월, 매년 꾸준히 차곡차곡 목표한 만큼의 적정 수익을 창출하고 있다.

앞으로 더욱 성공하기 위해 미친 듯이 깊이 있는 공부를 하고 있다. 살아남은 5%의 5%가 되기 위해서, 주식의 신, 주신이 되기 위해서….

오직 공부만이 살 길이다. 많은 실패를 통해서 얻은 교훈이다. 그래서 나의 서재에는 재테크 관련 서적이 상당수 자리를 차지하고 있다.

그 중에서 미야모토 마유미의 『돈을 부르는 말버릇』은 내게 큰 영향을 준 책이다. 주요 메시지를 항상 곁에 두고 참고하고 있다.

- 목표에 대해서 구체적으로 설정하라.
- 인생을 감사한 마음으로 살아라. 그러면 더욱 감사할 일이 생긴다.
- 실패는 성공으로 가는 지름길이다.

- "돈이 없어"라는 말은 절대 금기어다.

- 수입의 10%는 반드시 차곡차곡 저축한다.

　

미천한 경험으로 볼 때 재테크는 100미터 달리기가 아니다. 남들보다 조금이라도 빨리 투자의 세계에 뛰어들려고 발악할 필요가 없다. 본격적인 투자 및 재테크를 하기 전까지 충분히 여러 거장의 좋은 부분을 체화하는 게 중요하다. 그것이 기술적인 것이든, 정신적인 것이든 내 것으로 만들 수 있어야 한다.

그러기 위해서는 공부를 해야 한다. 공부는 머리보다 엉덩이로 하는 것이 좋다. 공부의 첫 단추는 관련서적을 탐독하는데 있다. 관련서적을 10~20권 정도 읽어보면 대략적으로 감이 잡힌다. 100권 가까이 탐독하면 거의 전문가 수준까지 올라설 수 있다.

　

가난하게 태어나는 것은 당신의 잘못이 아니지만, 반대로 가난하게 죽는 것은 당신의 잘못이다.

- 빌게이츠

부자가 되기 위해 재테크 공부를 해야 한다. 공부를 통해 스스로 강해진 다음에 투자를 해도 늦지 않다. 스스로 피나는 공부, 싸움을 즐기는 사람이 재테크에 성공할 수 있다.

나를 아는 모든 사람이 멋진 부자로 거듭나는 삶을 살길 희망한다. 제대로 된 재테크 공부, 피나는 노력을 통해서 경제적으로 자유로워지기를 희망한다.

나는 지금 이 순간도 도서관으로, 그리고 서점으로 향한다.

나에게 더욱 강력한 터보엔진을 달아 줄 깊이 있는 돈 공부를 위해서!

나는 오늘도 기록하며 변하고 있다

미국 뉴욕 맨하탄 5번 에비뉴 25번가에 위치한 스타벅스 매장 안. 학교에서 과제를 마치고 집에 가기 전 유리창 밖에 보이는 뉴욕의 밤거리가 무척 예뻐 보였다.

그동안 아침에 눈 뜨면 늘 학교 수업에만 매진했고, 오늘도 과제를 하느라 늦게 끝났지만 뿌듯함이 충만했다. 내일 수업이 기다려지면서 설레기까지 했다.

이런 기분은 처음이었다.

오늘 하루도 내가 기록한 '목표', '보낸 시간', '되고 싶은 나의 모습'대로 살았다는 뿌듯함이 충만해 있었기 때문이었다.

나는 무엇을 하기 전에 '목표', '보낸 시간', '되고 싶은 나의 모습'을 기록하며 그대로 살기 위해 노력하고 있다. 미국에 가기 전에도 가보고 싶은 곳과 영어를 정복하기 위해 꼭 해야 할 것들을 글로 기록했다. 자칫 흐트러지기 쉬운 나를 바로 잡기 위한 방법이었다.

학교에서 수업을 잘 따라하는 걸 보니 글로 기록한 대로 이뤄지는 것 같아 뿌듯한 성취감을 맛보기도 했다.

내 삶은 크게 목표를 기록하며 살았을 때와 기록하지 않고 살았던 대로 나눌 수 있다. 목표를 쓰기 전에 내 삶은 굉장히 수동적이고 의욕이 없었다. 무엇이든 노력해서 잘 하거나 좋은 결과를 만들고 싶다는 생각보다는 그저 남들처럼만 하자는 태도로 임했다. 그런데 목표를 기록하면서 내 삶은 굉장히 능동적이고 의욕적으로 변했다. 현실에 안주하기보다는 늘 어제보다 나은 오늘을 살기 위해 노력하곤 했다. 일할 때는 조금이라도 더 잘 하고 싶었고, 더 좋은 성과를 얻고 싶었다.

나는 지금 시간도 기록하고 있다. 더 정확히 말하면 매일 내가 했던 모든 행동들을 시간과 함께 기록한다. 시간 기록은 목표기록과 연관이 있다. 목표를 기록해 두었으니, 이제 그것을 이루기 위해 매 시간, 아니 매 분, 매 초도 허투루 쓰지 않으려 노력하는 것이다.

일과 중에 내가 어떤 선택에 의해, 어떤 행동을 얼마 동안 했는지 시간과 함께 기록한다. 시간을 지속적으로 기록하다 보니 나 자신에 대해서 잘 알게 되었다. 예를 들어 내가 출근하기 전 아침시간을 어떻게 보내는지? 그러한 것들을 내가 원하는 것인지? 습관이나 무의식에서 나온 것은 아닌지 점검할 수 있었다.

나는 지금 되고 싶은 나 자신의 모습도 기록한다. 자기선언문이다. 현재 12개의 자기선언문이 있는데, 매일 아침에 일어나서 가장 먼저 하는 일이다.

"나는 부지런하고 성과를 잘 내며 긍정적인 에너지가 넘치는 사람이다."

이렇게 자기선언문으로 기록하고 시간 날 때마다 마음속으로 되새기면, 의식적으로나 무의식적으로 내면 시스템이 작동해서 언젠가는 그런 사람이 될 수 있다는 것을 믿고 있다.

앞으로 살아가면서 또 어떠한 것들을 기록하게 될지는 모르겠다. 하지만 늘 그렇듯이 이렇게 나 자신이 원하는 '목표', '보낸 시간', '되고 싶은 나의 모습'을 기록하는 것은 계속해 나갈 것이다. 이것이 나의 자아를 찾고, 나의 정체성을 발견해가는 아주 중요한 일이라 믿기 때문이다.

화를 내기엔 우리 인생이 짧다

　세네카의 『화에 대하여』로 독서 나눔을 했다. 세네카는 2천여년 전 로마시대를 대표하는 철학가이자 정치인이다. 이 책은 화를 잘 내는 동생에게 들려주는 편지 형식으로 쓰여 있다. 이 책은 현존하는 세계 최초의 화에 대한 서적으로 2천여년이 지났지만 여전히 이 분야의 최고로 읽히고 있다.

　이 책을 읽기 전에는 사람은 경우에 따라 화를 낼 수 있다고 생각했다. 예를 들어 억울하게 부당한 일을 당했거나 선한 사람이 해를 입었을 때, 남에게 해를 끼친 자에게는 화를 낼 수도 있다고 생각했다. 법으로도 응당한 벌을 받아야 한다고 생각했다.

하지만 이 책을 보고 화가 무엇인지, 왜 화를 낼 필요가 없는지에 대해 알게 되었다. 아울러 삶이 나를 어떤 곳으로 인도하더라도 중심을 잃어버리지 않고 의지적으로 이성을 유지해야겠다는 생각을 했다.

이 책에는 잔학한 위정자와 왕들이 많이 나온다. 그들은 화를 다스리지 못해서 상대가 잘못한 것에 비해 더 과잉의 잔학함으로 응징한다. 아니 잘못하지도 않았는데 잔인하게 화를 표현하는 경우도 있었다.

캄비세스왕은 술을 줄이라는 친구의 충고를 듣고는 화를 참지 못해 그 친구 아들의 심장에 화살을 쏘아 죽였다. 컵을 깨트린 노예를 칠성장어가 있는 연못에 던지라고 명령을 내린 포악한 베디우스도 있었다.

세네카는 '화는 그 어떤 격정들보다 특별히 더 비천하고 광포한 악덕이자 일시적인 광기'라고 했다. 그에 의하면 화는 모든 것을 능가하는 최대의 악덕인 것이다.

바람처럼 공허한 화는 분별력을 잃게 만들고 치명적인 결과를 낳게 한다. 화를 내서 승리하는 것은 결국 지는 것이다.

'과연 화를 내는 것이 옳은 일인가?'

세네카는 잘못된 행동에 화를 내는 것은 복수에 불과하다고 했다. 복수하는 사람은 잘못된 행동을 한 사람과 다를 게 없다. 누가 먼저 고통을 주었느냐만 다를 뿐이지, 잘못은 서로가 똑같이 하고 있다는 것이다.

잘못한 사람에게 진정으로 복수하고 싶다면, 가장 모욕적인 복수라고 할 수 있는 '상대를 복수할 가치도 없다고 보는 것'이 가장 현명한 방법이다.

위대하고 고귀한 사람은 상대가 아무리 큰 잘못을 해서 화가 날 상황이 되더라도 강아지들이 짖는 소리에 관심을 두지 않는 맹수와 같이 행동할 줄 알아야 한다.

플라톤은 노예의 잘못에 화가 나서 노예에게 채찍질하려

던 순간, 자신이 화를 내고 있다는 걸 깨닫고 팔을 공중에 치켜든 채로 스스로에게 벌을 주었다.

'나 자신조차 다스리지 못하는 사람에게 노예를 다스리게 해서는 안 된다.'

이렇게 생각해서 비록 노예가 잘못을 저질렀지만, 자신도 화를 내면서 노예와 다름없는 잘못을 저지를 뻔한 행동을 멈출 수 있었다. 플라톤은 화가 난 그 순간 이성적으로 자신의 모습을 돌아본 것이다.

화가 났을 때 자신을 다스리는 자신만의 방법을 갖고 있었던 것이다.

소크라테스는 화가 나면 목소리가 낮아지고 말수가 적어졌다고 한다. 화를 내는 잘못을 저지르지 않기 위해 자기 내면과 싸우는 것이다. 다른 사람들은 그가 화를 내는 것을 거의 본 적이 없었다고 한다. 그가 스스로 화를 다스리고 표현하지 않았기 때문이다.

위인들도 인간이라 화가 나는 것은 어쩔 수 없었다. 거의 많은 사람들이 화를 내야겠다는 상황에선 화를 낸다. 그 중에 위인이 된 사람들은 당장 올라오는 화를 멈추기 위해, 잠시 잠잠히 기다리는 유예의 방법을 치유책으로 활용할 줄 알았던 것이다. 따라서 우리도 화가 났을 때 얼른 화를 유예시키는 방법을 활용할 줄 알아야 한다.

하지만 나는 화를 치유하는 최고의 방법은 용서라 생각한다. 화를 유예시키는 것은 언제 또 화가 올라왔을 때 참을 수 없게 될 수도 있다. 마음속에 화난 상황을 잠시 덮어두었을 뿐이지 완전히 깨끗하게 치유한 것은 아니기 때문이다.

하지만 상대방의 잘못을 온전히 용서하면 화는 더 이상 어디에도 머무를 데가 없다. 오히려 상대를 불쌍히 여기는 마음의 여유가 생긴다.

더러는 정말 용서하기 힘든 사람도 있을 것이다. 그러나 그때도 용서해 보라. 마음의 평안이 찾아올 것이다.

구약 성경 출애굽기에 "눈은 눈으로, 이는 이로, 손은 손으로, 발은 발로"라는 말씀이 있다. 언뜻 보기에는 상대방이 '눈, 이, 손, 발'을 상하게 하면 상한 부분에 똑같이 벌을 주라는 말 같다. 살벌하다.

하지만 이 말씀에는 화가 나서 과잉으로 폭력이 일어나는 것을 방지하고 약자를 보호하는 의미가 담겨 있다. 벌의 상한을 정해준 것이다. 화가 났을 때 흥분해서 더 지나치게 보복하는 것을 방지하고자 그 한계를 정한 말로 볼 수 있다. 피해자 가족, 가해자 가족, 연약한 자에게 과도한 응징을 막고자 한 사랑의 율법으로 봐야 한다.

화를 내는 것이 정당하다고 생각하면, 어떤 일에 대해 딱 그만큼의 화를 낼 수 있어야 한다. 그러나 화는 이성을 벗어난 상태에서 내는 것이므로 '딱 그만큼의 화'에서 멈추기가 쉽지 않다. 그래서 화를 낼 때는 먼저 자신의 이성부터 챙길 수 있어야 한다.

엄마가 컵을 깬 아이에게 화를 내는 경우가 있다. 이런 경우 화를 내는 것이 옳을까? 아이도 실수로 컵을 깬 것에 대해 잘못했다는 것을 알고 있다. 이때 이미 컵은 깨졌고 그 잘못을 알고 눈치를 보는 아이에게 화를 낸다는 것은 불필요한 일이다. 정말 아무 짝에도 쓸모가 없는 일이다. 이

것은 아이에게 '화'라는 힘의 도구를 이용해 자신의 이성을 다스리지 못하고 화를 내는 것이다. 컵보다 아이를 더 소중하게 여긴다면 얼른 아이가 다치지는 않았는지 살펴야 하고, 더 이상 다치지 않도록 깨진 컵 잔해를 치우는 것을 우선해야 한다.

이렇게 보면 정말 어디에도 화를 낼 이유를 찾을 수가 없다. 이렇게 간단한 원리가 있다니!

성품이 온화하면 화를 내는 일은 줄어든다. 역지사지의 마음으로 온화한 성품을 계속 가꾸어 나간다면 화가 들어설 자리는 없을 것이다. 평소에 성품을 온화하게 만들기 위해 우리는 노력해야 한다.

주변에 좋은 사람들과 교제하는 것도 화를 내지 않는 삶을 사는 좋은 방법이다. 가까운 사람끼리는 닮아가기 마련이다. 남을 칭찬하고 긍정적인 말을 하며, 주변을 부드럽게 만드는 사람과 교제를 하면 나도 덩달아 칭찬하고 긍정적인 말을 하는 온화한 성격으로 닮아갈 것이다.

화를 내지 않으려면 서로에게 선한 영향을 끼치는 사람

들과 좋은 교제를 해나가며 자신의 모습을 돌아보며 온화한 성품을 만들어 가야 한다.

"화가 당신을 버리는 것보다 당신이 먼저 화를 버려라. 그동안 다른 사람들을 괴롭히고 우리 자신도 괴롭히는 고통을 안겨준 화, 우리는 그 좋지도 않은 그 일에 귀한 인생을 얼마나 낭비하고 있는가! 화를 내며 보내기에는 우리의 인생이 얼마나 짧은가!"

- 세네카의 『화에 대하여』에서

정말 이 책을 읽고 나니 100년 남짓 사는 인생에서 화를 내며 인생을 낭비하기보다 우리의 선한 영향력을 세상에 널리 펼친다면 후대에까지 좋은 일이 전승될 것이다.

우리 모두 세네카의 말처럼 사는 동안 모든 사람들에게 사랑받고, 죽어서는 그들이 그리워하도록 만드는 삶을 사는 것이 어떻겠는가?

화를 내며 살기에는 우리 인생이 너무 짧다.

늘 깨어 있는

내가 되길 희망하며

김 민 정

제조업은 무조건 실력을 '절대치'로 가져가야 합니다. 기술이 절대적으로 우위에 있어야 한다는 말입니다. 세계최고의 제품만이 살아남을 수 있습니다. 하지만 지금 내가 하는 일이 서비스업이라고 하면, 그것은 세계 1등을 가리는 것이 불가능하기 때문에 '상대치'로 가야 합니다. 서비스업의 경우 '우월전략'을 목표로 전략을 짜야 하는 것입니다.

전략을 짤 때에는 기존사업과 신규사업의 처해있는 상황을 면밀히 고려하여, 다르게 수립되어야 합니다. 기존사업의 전략의 핵심은 '지속성장'에 있고, 기존 사업의 전략목표의 핵심은 절대적인 경쟁력 확보에 달려있습니다. 삼성반도체에서는 이를 '초격차 전략'이라 불렀습니다. 후발업체들이 따라오지 못할 정도로 기술적 격차를 벌리자는 초격차 전략을 고수했습니다. '조금이 아니라 아예 초격차를 만들어 버리자'는 것이 우리의 전략이었습니다.

- 권오현, 『초격차』 182~183쪽.

빨간 표지에 예사롭지 않은 '초격차'라는 문구를 만났다. 양장본으로 책이 제법 두꺼웠다. 독서모임에서 처음으로 책을 읽었고, 지금은 다른 관점으로 혼자서 책을 읽어본다. 그동안 몇몇 저자의 강의도 들었던 터라, 이 책에 대한 마음가짐이 많이 바뀌었다.

'좀 읽고 헌 책으로 팔까?

처음에는 이런 생각으로 아주 깨끗하게 책을 봤다. 조심스럽게 책장을 넘기다 보니 덜 적극적으로 읽을 수밖에 없었다. 하지만 지금은 귀접기를 대범하게 4군데나 했다. 리더,

조직, 전략, 인재. 이렇게 큰 제목이 4군데였기 때문이다.

우리 시대의 젊은 인재들이 이책을 통해 성장에 필요
한 덕목과 관점, 통찰과 지혜를 얻게 되기를 바랍니다.

- 권오현, 『초격차』 프롤로그 중에서

이 책의 저자는 삼성반도체 회장이다. 회사생활을 하는
직장인이라면 꼭 읽어야 할 책이다.

신입사원으로 취업하면 업무를 익히고, 어느 정도 신입사
원의 꼬리를 떼면 본인이 알고 있는 지식을 총 동원해서 업
무에 매진하는 경우가 많다. 하지만 회사생활을 하면서 새
로운 방법이나, 창의적인 접근의 연구를 안 하는 경우가 많
다. 직장의 조직문화가 그렇다면 더욱 그렇다.

이 책은 대기업이 그냥 이뤄진 것이 아님을 보여준다. 삼
성반도체는 전 직원이 리더의 전략 가운데 움직였다. 후발
주자가 아예 근접하지 못 하도록 '초격차'를 벌렸다. 조직
의 운명은 리더에 의해 큰 영향을 받는다. 삼성반도체의 성
공은 리더의 엄격한 전략에 직원들이 합심하였기에 가능한
일이었다.

책에서 중요한 부분은 친절하게 빨간 글씨로 요약해주었
다.

초격차란 과감한 혁신을 향한 리더의 의지, 구성원의
주도적 실천에 의해 이루어지는 것입니다. 변화가 필
요하다고 느낀다면 과감히 실행에 옮겨 자신만의 '격'
을 만들어가기 바랍니다.

- 권오현, 『초격차』 195쪽.

혁신으로 방향을 정했을 경우에는 반드시 사람을 교체
해야 합니다. 이미 타성에 젖어있는 사람을 그대로 존
치시킨 채 혁신에 성공한 예는 거의 없기 때문입니다.

- 권오현, 『초격차』 206~207쪽.

리더가 선택과 집중을 강조하면서 불필요한 부분을 정
리하려고 하면, 반대하고 저항할 수밖에 없겠지요. 반
대하는 사람에게 제가 되묻곤 합니다.
"제일 중요한 일 딱 하나만 제시해보세요. 당신집에 아
내가 여럿 아니고, 한 분인 것처럼 말입니다."

대부분의 사업은 일이 너무 많아서 망합니다.

- 권오현, 『초격차』 210~211쪽.

머리를 망치로 한 대 두들겨 맞은 듯하다. 사람을 교체해야 된다는 것은 어렴풋이 알고 있었지만, 이런 이유인지는 처음 알았다.

뭐든지 결단이 필요한 것 같다. 혁신 앞에서는 더욱 그렇고, 그런 혁신을 위해 기획하고, 실행하는 리더는 더욱 그렇다.

일이 너무 많아서 망한다는 말도 가슴 깊이 와닿는다. 주위 환경도 미니멀 해야 한다. 일이 너무 잡다하면 비효율적인 것이다.

내게 주어진 시간은 24시간뿐이기에 목표를 향해 계획하고 실천하는 삶을 살아야겠다.

"오늘 내가 한 것 중 잘한 일은 무엇일까. 내일은 뭘 꼭 할까?"

이런 생각으로 매일 하루를 마치는 시간에 생각하고 기록할 수 있어야 한다. 이것을 도와주는 도구가 3P바인더, 독서모임, 청소력(미니멀라이프), 본깨적이다.

　나는 지금 이 도구들을 모두 접하고 있다. 모임과 강연에 참석하느라 쉬는 날에도 바쁘지만 활기차게 활동하는 내가 참 좋다. 몸은 피곤할지라도 마음과 가슴은 타오르고 있다.

　대인관계에서 시야도 좀 더 넓어짐을 느낀다. 마음에 여유가 생겼다. 좋은 사람들을 만나니 활력이 넘쳐난다.

　항상 깨어 있으라.
　나는 무엇을 하고 싶은가.
　나의 행복은 무엇인가.

　이런 질문들로, 내게 되물어 보며, 늘 깨어 있는 내가 되길 소망한다.

가족에게 필요한 것은

3부

전 세 병 ●────────────

가족에게 필요한 것은 소통이다

내 또래의 20대 청년들은 가족에 대해 어떻게 생각할까? 행복한 쉼터? 안식의 요람?

나는 어머니와는 자주 같이 다닌다. 아버지와는 같이 다녀 본 기억이 거의 없다. 아버지와 둘만 있을 때는 어색한 분위기에서 핸드폰만 보는 경우가 많다.

이어령 작가의 『딸에게 보내는 굿나잇 키스』는 이런 삶을 되돌아보게 한다. 작가가 이렇게 소통하지 못하는 상태에서 사랑하는 딸을 아프게 하늘로 보냈다는 것을 알고 커

다란 충격을 받았다. 한 구절 한 구절 읽을 때마다 작가의
진심과 아픔이 합쳐진 딸에 대한 사랑이 나의 일처럼 다가
왔다. 중간 중간 울컥거리는 순간들이 자주 있었다. 작가가
나한테 말하는 것처럼 들려왔기 때문이다.

딸이 공부를 좋아하고, 시험 치는 것을 좋아해서 공부를
열심히 한다고 생각하고 자부심을 느끼던 작가가 어느 날
딸의 간증을 듣고 놀란 대목에서는 정말 슬펐다. 딸이 좋아
서가 아니라 아버지의 명성에 먹칠하지 않으려고, 아버지
의 사랑을 받기 위해서 이 악물고 공부를 했다는 것을 알고
는 너무나 안쓰러웠다.

나는 네가 빵점을 받아와도, 대학시험에 떨어지고,
남들이 손가락질하면서 놀려대도 아빠는 세상 천하에
대고 말할 거다.
"민아는 내 딸이다. 나의 자랑스러운 딸이다. 이 바
보 딸아. 못난 딸아, 아빠의 사랑을 그렇게 믿지 못했
느냐? 이제 시험지를 찢고 어서 편한 잠을 자거라."
        - 이어령의 『딸에게 보내는 굿나잇 키스』에서

딸의 진심을 알고 이렇게 말하는 대목에서는 울컥하면서 슬펐던 마음이 위로를 받는 느낌이었다. 학창시절에 나는 과연 나를 위해서 공부한 적이 있는가? 부모님에게 칭찬받으려고, 아니 부모님에게 혼나기 싫어서, 부모님이 주변 분들에게 자랑할 만한 아들이 되기 위해 눈치껏 공부한 적이 대부분이었다.

'우리 부모님도 저런 마음이었겠구나. 나 혼자 지레짐작으로 겁먹고 행동한 것이 아니었나.'

어렸을 때는 어머니가 등하교 때마다 거의 매일 차로 학교와 학원을 챙겨주었다. 중학교 때는 외국어고등학교를 가려고 새벽 4시까지 영어만 공부하다 집에 가는 경우가 많았다.

어머니는 '헬리콥터 맘'이었다. 이것은 어머니도 인정한 부분이다. 하지만 당사자인 나의 의지가 없으니 공부 효과는 거의 없었다. 마음의 준비가 되어 있지도 않은 내게 아무리 좋은 것을 집어 집어넣는다 한들 채워질 리가 없었다.

요즘 어머니와 그때 얘기를 가끔 한다.

'나의 양육방식이 맞는 것일까?'
'그래도 하지 않은 것보다는 낫지 않을까'

어머니는 늘 이렇게 갈등했다고 하신다. 수능을 봤을 때
도, 재수할 때도 어머니는 내게 상처를 주지는 않았는지,
당신으로 인해 내가 고생하거나 힘들어하진 않았는지 늘
고민했다고 우시면서 말씀하셨다.

어머니와 대화를 통해 속마음을 나누면서 부모와 자식
간에는 소통이 중요하다는 것을 알았다. 내리사랑은 정말
위대하고 감사한 것이다. 하지만 받는 사람인 자식의 마음
이나 느낌을 들어보지 않고 맹목적으로 주기만 한다면, 그
것을 받는 자식은 부담이 될 수밖에 없어서 진정한 사랑이
아닌 잘못된 길로 들어서게 할 수 있다.

『딸에게 보내는 굿나잇 키스』는 자식이 부모에게 아무리

잘하려 해도 부모와 소통하지 않는 상태에서 하게 된다면, 그것이 효도라 생각하고 할지라도 다른 의미나 잘못된 방법으로 전달되어 서로에게 상처를 줄 수 있다는 것을 일깨워준다.

또한 이 책은 자식의 생각과 부모의 생각이 다르다는 것을 알려주면서 진정으로 서로에게 잘 하고 싶다면 끊임없이 대화를 나누며 소통해야 한다는 것을 일깨워주고 있다.

환경은

생각
보다
힘이
세다

환경은 생각보다 힘이 세다.

최고의 변화는 어디에서 오는가?

　　　　　　　　　　　　　　　　- 벤저민 하디

"세병아, 2학기 복학을 대비하여 제안 하나 할까? 부산큰
솔나비 선배님들의 소모임에서 성공습관프로젝트 100일 회
원을 모집하는데 같이 해볼래? 너랑 같이 하면 엄마도 너에
게 모범을 보이기 위해서라도 잘 실천할 것 같아서 제안하
는 거야."

"알았어, 엄마와 함께 할게."

아들이 망설임 없이 화답했다. 기대했던 말을 듣고 잠시 생각에 잠겼다. 그동안 무수히 많은 계획을 세워 왔지만 작심삼일로 끝난 것들이 고개를 치켜들었다.

'이번도 작심삼일로 끝날 텐데 뭐 때문에 하려 하나?'

빳빳이 고개를 치켜든 기억들이 비웃는 듯했다. 하지만 한편으로 이번은 꼭 성공할 수 있겠다는 믿음도 고개를 치켜들었다. 함께 하는 부산큰솔나비 선배님들이 든든한 환경을 펼쳐주고 있었기 때문이다.

나는 다음과 같이 네 가지 목표를 정했다.

1. 아침에 108배로 운동하기

2. 아침 독서 30분 하기

3. 바인더 기록하기

4. 아들 칭찬하기

아들은 다음과 같이 다섯 가지 목표를 정했다.

1. 아침 6시에 일어나기

2. 바인더 기록하기

3. 영어 성경 2쪽 적기

4. 핸드폰 식탁에 두고 자기

5. 두 번째, 네 번째 토요일 자전거 타기

우리 가족은 매년 1월 1일이면 1년 계획을 세우고, 연말에 계획의 실천과 성과를 정리하여 발표하곤 했다. 성과는 다분히 주관적인 것이 많았지만, 매년 글로 적다 보니 이루어지는 것들이 하나둘 생기기 시작했다.

"탁월한 사람들의 규칙적인 습관은 그 사람의 또 다른 야망이다."

부산큰솔나비 선배님들도 지키고 실천해서 만들고 싶은 습관들을 목표로 정해 단톡방에 올리기 시작했다. 글이 올라올 때마다 선배님들이 평소에 품어냈던 아우라를 구체적으로 만날 수 있었다. 베스트셀러인 만화책을 보는 것처럼 카톡에서 눈을 뗄 수가 없었다.

독서는 누구에게나 빠지지 않는 메뉴였다. 운동도 많은

선배님들이 선택한 메뉴였다. 아침 일찍 일어나 감사의 일기쓰기는 많은 울림으로 가슴에 와닿았다.

평소에 핸드폰을 많이 보고 있는 아들이 마땅찮았다. 그런데 각자의 프로젝트를 하면서 핸드폰을 손에서 놓지 못하는 나를 발견했다. 웃음이 나왔다. 연재만화를 기다리는 심정이었다. 기다리면 올라오는 카톡의 목표들은 긍정의 자극으로 다가왔다. 그러다 보니 실천이 습관으로 되는 것들이 눈앞에 영상처럼 나타났다.

독서토론에서 성공경험을 발표하는 선배들의 상기된 얼굴이 떠올랐다. 이 프로젝트가 나와 사랑하는 아들의 변화를 가져오면 100일이 되는 날 한 턱 쏘겠다는 약속도 했다.

프로젝트가 모두 성공하는 날! "공부해서 남을 주자"는 것이 실천으로 습관이 되는 날! 나로부터 비롯된 선한 영향력이 향기롭게 퍼져서 주위 사람들이 즐겁고 행복한 가정과 일터를 이루기를 간절히 소망하면서 실천하고 있다.

무엇보다 사랑하는 아들이 실천하는 모습을 지켜보면서,

나도 실천하니 도랑 치고 가재도 잡는 기쁨을 느끼고 있다.

각자의 가정에서, 직장에서 계획한 것들을 실천하는 선배들의 인증사진이 단톡에 올라오는 것을 보고 자극 받는다.

부산큰솔나비라는 환경이 든든하기만 하다. 계획하고 제안한 강지원 선배님의 사명과 봉사정신이 더해져서 향연이 되었다. 각자 몸으로 실천한 것을 사진으로, 글로 표현한다. 눈으로, 귀로 느끼며 감동의 응원과 박수를 보낸다.

2019년 5월 1일부터 시작한 성공습관프로젝트에 참가한 아들은 참 잘하고 있다.

확실히 환경은 생각보다 힘이 세다. 좋은 사람들이 만든 환경의 힘으로 나와 아들은 최고의 변화를 꿈꾸고 있다.

행복을 퍼나르는 나비가 되는 날을 꼭 맞이하고 싶다.

강지원 •────────────────────────

나는 네가 빵점이라도 좋아

남이 부러울 정도로 원하는 거 다 들어 주셨던 부모님, 그렇지만 아직 보답 드리지 못해서 항상 마음이 편하지 않아요. 얼른 졸업해서 원하는 곳 취업해서 보답해 드리고 싶어요.

매일 바쁘실 텐데 가족을 위해 아침 일찍 일어나 밥을 해 주시는 어머니, 가족을 위해 타지에서 일하시는 아버지, 항상 감사합니다.

방 정리 같은 기본적인 것, 사소한 것부터 하겠습니다. 바인더 주신 것도 작성하고, 집안 일 등 아빠 엄마가 집에서라도 편히 쉴 수 있도록 아들로서 노력하겠습니다.

　나중에 더 성장했을 때 남들에게 꿇리지 않는 아들이 돼서 꼭 보답해 드리고 싶습니다. 남에게 부끄럽지 않은 사람, 떳떳한 사람이 되겠습니다.

　저도 항상 부모님 응원하고 영원히 사랑합니다.

　점심 식사를 하고 있는데 작은아들한테 장문의 카톡이 왔다. 아들의 카톡을 보고 남편에게 물었다.

　"여보, 혹시 자기한테도 영찬이가 카톡 보냈나?"

　"아, 내가 먼저 보냈더니, 답장으로 같이 보낸 모양이네."

　남편은 이어령의 『딸에게 보내는 굿나잇 키스』라는 책을 읽고 그 중 한 부분에 꽂혔다고 했다.

　나는 네가 빵점이라도 좋아. 대학시험에 떨어져도 남들이 바보라고 손가락질해도 세상 천하에 대고 말할 거다.

　"민아는 내 딸이다. 나의 사랑스러운 딸이다."

　　　　　　- 이어령, 『딸에게 보내는 굿나잇 키스』에서

남편은 이 부분을 응용해서 아들에게 카톡을 보냈다고
했다.

> 사랑하는 우리 영찬, 아빠는 우리 영찬이가 장학생
> 이 안 되도, 시험을 잘 못 쳐도, 방 정리를 안 해도, 누
> 가 손가락질하며 비웃어도, 여전히 우리 찬이는 내 아
> 들이고, 나의 가장 사랑스러운 아들이다.
> 아빠는 항상 우리 찬이 편이고, 늘 뒤에서 널 응원하
> 다는 것을 잊지 않았으면 좋겠다.

남편의 이야기를 들으며 괜히 눈물이 쏟아졌다. 지난 일
들이 스쳐갔다. 작은 아들은 고등학교 가면서부터 학교 다
니기 싫어했다. 아들이 태어날 때 맞벌이 하느라 고등학교
1학년 때까지 작은언니 집에 맡겨서 키웠다. 고2가 되어서
함께 살기 시작했는데, 한창 자랄 때 제대로 돌봐주지 못한
것이 미안해서 나무라지도 못했다.

"엄마, 검정고시 치면 안 될까?
"왜?"

"그냥."

아이와 자주 이런 얘기를 하다 보니 걱정이 됐다. 아들은 고백할 것이 있다며 얘기한다.

"엄마, 걱정할까 봐 얘기 안 했는데 나 왕따다."

평소 성격으로 봐서 이해가 되지 않지만, 집에서 하는 행동과 바깥에서 다를 수 있으니 담임선생님께 전화를 했다.

"선생님 바쁘신데 죄송합니다만, 한 가지 여쭤볼 것이 있습니다."

"네, 말씀하십시오."

"혹시 영찬이가 학교에서 왕따인가요?"

질문해 놓고 대답을 기다리기까지 조마조마했다. 걱정이 끝나기 전에 선생님의 대답이 들렸다.

"아니요, 어머니. 영찬이 친구가 많아요. 그런데 영찬이는 아침에는 명랑한데 오후만 되면 아프다고 하며 힘이 없어 합니다."

선생님 말씀을 들으니 안심이 되었다. 아들이 오후에 왜 아픈지 안다. 자율학습에 빠지려고 꾀를 부리고 있다는 것을.

아들은 그런 식으로 속을 썩이더니 어떻게 대학생이 되

었다. 고등학교와 다르기에 잘 적응하는 것처럼 보였다. 그런데 방 정리를 해 주다 서랍 속에 성적표를 보았다. 'A'는 기대도 안 했지만 'D'가 몇 개나 있었다. 모르는 척하고 제자리에 넣어두었다.

군대에 다녀오면 나아질 거라 생각했다. 하지만 휴가를 왔다 간 아들의 자리는 그대로였다.

'어떻게 이렇게 하나도 변하지 않을 수가 있나?'

과자봉지와 휴지 등이 책상 위와 책꽂이, 구석구석에 자리 잡고 있었다. 집에 있는 시간보다 오락실에서 보낸 시간이 더 많았다. 여간 실망이 아니었다. 제대를 하고 6개월이 지나도록 변함이 없었다.

그런데 어느 순간 아이가 변하기 시작했다. 2학년 2학기 장학금도 받았다. 장학금으로 고장 난 컴퓨터를 새 것으로 사줬다.

'혹시나 방에서 오락만 하면 어쩌지?'

컴퓨터를 사주고도 불안한 마음에 살짝 방문을 열어봤다.

세상에나!

아이가 책을 보고 있었다.

불과 2년 전까지만 해도 남편과 나는 직장생활을 핑계로 거의 매일 술을 마시며 다녔다. 집에서는 TV를 보는 것과 쉬는 것이 전부였다. 그러다 보니 어느 새 반백 년을 넘게 살았다. 서로 바쁘다는 핑계로 남편과 사이도 좋지 않았다. 어느 순간부터 각자의 인생을 살았고 허수아비 쳐다보듯 지내고 있었다.

그런데 독서모임을 하고, 책을 쓰면서 지금까지의 나를 돌아보기 시작했다. 책은 읽고 끝내는 것이 아니라 읽었으면 하나라도 현실에 적용해서 실천하는 것이 중요하다는 것을 알았다.

당장 실천하기로 하고 집에 있는 소파와 TV를 중고시장에 팔고, 그 자리에 책장과 책상을 넣었다. 매일 새벽 3시 30분에 일어나서, 책을 보고, 글을 쓰며 하루를 시작했다.

"엄마, 뭐 하노?"

그때마다 아들은 이렇게 묻기도 하면서 책꽂이에 있는 책을 바라보고 방으로 들어갔다.

"니도 책 읽을래?"

"아니요, 필요할 때 볼게요."

"그래, 읽고 싶을 때 얘기해. 그러면 엄마가 추천하는 책 니 방에 넣어 놓을게."

그런 아들에게 남편은 바인더를 구입해서 주며 이렇게 말했다.

"이거 지금 사용 안 해도 된다. 쓰고 싶을 때 써라."

남편은 많이 변했다. 일 년에 책 한 권을 읽지 않고 지내 던 사람이 책을 보기 시작하면서 삶의 변화가 일어났다. 그 좋아하던 술도 끊었고, 술 마시던 시간을 활용해서 나와 함 께 책도 썼다.

지금은 독서모임(부산큰솔나비)을 2년째 하고 있다. 그러 면서 자연스레 아이와 집안에도 관심을 갖기 시작했다.

아이는 부모의 뒷모습을 보고 자란다고 했던가?

내가 독서모임을 사랑하는 이유다.

내가 바뀌고, 남편이 바뀌니, 아이가 바뀐 것이다.

인생의 궁극적인 목적은 행복이다.

나는 그 행복을 위해 오늘도 새벽 6시 10분에 독서모임을 준비하려고 집을 나선다.

나는 아직도 아내, 엄마가 어렵다

정 희 정

아기를 키운다는 것이, 엄마가 된다는 것이 얼마나 힘든 일인지 몰랐다. 책을 읽어서 엄마 준비를 해야 한다는 생각 조차 못했다. 그래도 들은 것은 있어서 임신 후 클래식 음악을 듣고, 십자수를 하며 태교는 했다. 출산만 하면 애기가 방긋방긋 웃으며 서로 잘 지낼 수 있다고 생각했다. 아기를 잘 볼 수 있다는 의욕이 하늘을 찔렀다.

하지만 현실은 달랐다. 순한 딸도 남들과 있을 때만 순했지, 엄마하고만 있을 때는 결코 순한 아이가 아니었다.

가족도 많지 않고 친구들도 다 일을 할 때였다. 아이를 낳고 오로지 기댈 수 있는 사람은 남편뿐이었다. 퇴근 시간을 기다리며 베란다에 나가보기를 반복했다.

'언제 오려나?'

'빨리 왔으면 좋겠다.'

베란다 문턱이 닳듯이 오가며 하염없이 베란다를 통해 아래를 내려다보곤 했다. 그러다 회식을 한다는 전화가 오면 화가 폭발했다. 3개월의 출산휴가 기간인데도 그 시간 내내 힘이 들었다.

육아에 대해서는 어른들의 경험을 구전으로 전해들은 것이 전부였다. 그나마 간호학과 출신이라 신생아실에서 실습도 해보고 수유를 해본 것이 도움이 됐을지는 몰라도, 현실은 너무 힘이 들었다.

아기를 척척 씻기지도 못했다. 혼자서는 할 수가 없어 아기를 목욕시킬 때는 시어머니, 또는 남편과 2인 1조가 되어야 겨우 할 수 있었다. 육아는 아무리 경험이 있어도 시간이 지나면 잊게 된다는 걸 시어머니를 통해 알았다.

"애들 어릴 때 어떻게 목욕시켰는지 모르겠네."

경험이 있는 시어머니도 이렇게 말씀하시며 며느리와 함께 손녀 목욕시키는 것을 어려워하셨다.

다행인 것은 이해심이 많고 집안일을 많이 도와주는 남편을 만났다는 것이다. 수능을 마쳤을 때 만났으니 어느새 24년 전이다. 7년을 사귀고 결혼을 했으니 함께 한 세월이 17년이다. 그때는 마냥 좋아서 함께 하고 싶고, 잠시라도 떨어지고 싶지 않으니 당연히 결혼을 해야 하는 것으로 생각했다. 부부가 될 준비, 엄마, 아빠가 될 준비는 전혀 하지 않고 결혼식부터 올렸다.

남편은 아이들을 잘 돌봤다. 허니문 베이비로 결혼 다음 해에 낳은 큰딸 민정이 때도 그랬고, 둘째를 낳고 출산휴가 3개월이 지나 출근할 때도 그랬다. 야간근무를 하고 늦게 집에 들어오면 남편은 아이들을 재우느라 지쳤는지 함께 자고 있었다. 젖병이 뒹군 것으로 보아 밤새 힘들었을 텐데 아침에 일어나면 피곤한 기색도 없이 나를 반겼다.

주말에도 일을 하러 가면 남편은 아이들을 데리고 바다와 산, 동굴 등을 구경시키고 퇴근 시간에 맞춰 병원으로 나를 데리러 왔다.

직장일보다 육아가 더 힘든 건 나 혼자인 듯했다. 내가 힘들어할 때면 남편은 언제나 격려하며 응원의 말을 해주었

다. 다행히 딸 민정이와 아들 두용이는 순한 편이다. 그럼에
도 육아에 힘들어한 나를 볼 때마다 이런 생각이 들었다.

'아이들을 잘 키우고 싶다는 나의 욕심이 컸기 때문 아닐
까?'

그래서 요즘 주변에서 결혼을 한다거나 출산을 하는 지
인이 있으면 책을 선물한다. 적어도 나처럼 육아에 힘들어
하지 않았으면 하는 마음이다.

우리가 인생을 살면서 배우지 않고 하는 게 두 가지가
있습니다. 하나는 결혼이고 다른 하나는 육아지요. 우
리는 한 번도 경험해보지 않은 상태에서 온갖 문제를
다 겪습니다. 부부갈등, 고부갈등, 성문제, 자녀양육 등
등 어느 것 하나 제대로 처리할 수 있는 것이 없네요,
그래서 저는 '결혼자격증', '결혼면허'가 있어야 한다고
주장합니다. 최소한의 것을 배운 다음에 결혼해서 자
녀를 낳고 키워야 한다는 의미입니다.

         - 이수경의 『차라리 혼자 살걸 그랬어』에서

이 말에 격하게 공감한다. 정말 우리는 많은 교육을 받지만, 정작 꼭 필요한 결혼관련 교육은 받은 적이 없다. 행복한 가정을 꾸리고, 자녀를 올바르게 키우기 위해 꼭 필요한 교육이지만, 주위에 어디에서도 찾아볼 수 없다.

지금이라도 부부수업, 부모수업을 필수과목으로 수강하고 임신을 준비할 때에는 육아수업 과목을 추가로 수강해서 부모가 될 준비를 해야 한다고 생각한다. 이수한 뒤 자격증이나 면허증을 받고 충분히 잘 살아갈 수 있음을 최소한으로 인증 받았으면 한다. 이렇게라도 해서 모두가 행복한 생활을 할 수 있다면 좋겠다.

"민정아, 엄마도 엄마 역할이 처음이라 부족한 부분도 많고 정답이 아닐 때가 많은 걸 알아. 완벽한 엄마는 못 되더라도 노력하는 엄마가 되기 위해 항상 최선을 다하니까 서로 이해하자."

딸 민정이와 갈등이 생겼을 때 이렇게 말한 적이 있다. 그랬더니 어느 날 버릇없는 행동을 보고 한소리 했다고 말대꾸하는 딸의 대답이 가관이었다.

"엄마, 내가 중학생이 처음이라 많이 힘들고 감정변화도 많고 생각 없이 말을 할 때가 있어. 말하고 나면 후회하지만, 나도 딸이라는 역할을 충실히 하려고 하니까 엄마가 좀 이해해 줬으면 좋겠어."

그래도 화가 나는 상황인데 웃음이 나와서 서로 좋게 끝나니 좋았다.

아내가 되고, 엄마가 되고, 삶의 경험치가 늘어나면서 노련하게 무엇인가 잘 할 수 있을 것 같지만 나는 여전히 잘 모르겠다.

결혼한 지 17년이 흘렀지만, 나는 아직도 아내가 어렵다.

출산한 지 16년이 지났지만, 나는 아직도 엄마가 어렵다.

삶을 살아가는 것과 책은 다르지만 책에서 많은 지혜를 배우기에 늦게나마 내가 책을 가까이 하고 독서모임에 참여하는 이유이다.

나는 아직도 아내, 엄마가 어렵지만 책을 읽으며 천천히 함께 성장하기를 바래본다.

삶
의
변
화
를

바
라
는

이
들
에
게

요즘 나는 책읽기와 글쓰기에 빠져 살고 있다. 예전부터 책은 즐겨 읽었지만 그때와는 차원이 다른 독서다.

예전에는 그저 읽는 것 자체를 좋아했다. 딱히 다른 취미나 특기가 없었기 때문에 킬링 타임용으로 재미있게 책을 읽고 책장을 덮으면 그걸로 끝났었다. 그런데 이제는 나 자신을 위해서, 더 나은 삶을 위해서 책을 읽고 글을 쓴다. 뭐라도 하나 배우고, 깨닫고, 적용해보기 위해, 쉽게 말해 현실에서 좀더 나은 삶을 살기 위해 독서와 글쓰기를 하고 있다.

요즘 내가 책읽기와 글쓰기에 빠진 이유는 크게 세 가지다.

첫째, 고달프고 구질구질한 삶에서 벗어나기 위함이다. 어려서부터 부모님과 선생님들로부터 들어왔던 열심히 공부해서 좋은 대학 나와 취직하면 잘 살 거라는 말이 나이를 먹으면서 전부가 아님을 알게 되었다. 착실하게 사는 것만으로는 잘 사는 것을 보장할 수 없다.

원룸에서 신혼을 시작한 우리 부부는 몇 년 전 17평 아파트를 얻었다. 다섯 식구와 고양이 세 마리가 함께 살기에는 좁아서 좀 더 넓은 집으로 옮겨야 하는데 문제는 집값이 너무 비싸다는 것이다. 신혼 초에는 몇 년 간 맞벌이를 하면서 독하게 아끼고 모으면 은행대출을 받아 30평 아파트를 살 수 있으리라 희망을 품었다. 그런데 불과 2년 만에 1억 오른 집값을 보면서 아무리 열심히 일하고 돈을 아껴 모으더라도 내 집 마련이 어려워 보인 순간, 삶이 고달프고 구질구질하게 느껴졌다.

'우리나라 부동산 시장은 미쳤구나. 우리 같은 평범한 월급쟁이들은 평생 안 먹고 안 쓰고 살아야 죽기 전에 겨우 집 한 채 장만할 수 있겠구나. 그때까지 우리는 애들 데리고 어디서 살아야 하나? 도대체 월급은 안 오르는데 왜 집값은 하늘 높은 줄 모르고 오를까?

　너무 화가 났고 절망스러웠지만 비싼 집값 탓만 하고 있을 수 없었다. 쑥쑥 자라나는 아이들을 위해 방이 세 칸 있는 아파트를 구하려면 공부를 해야 했다. 어린애가 셋 있는 워킹맘은 비싼 수강료와 강의장을 오가는 시간이 부담스러워 부동산 강의를 들을 수 없었다. 그냥 혼자서 짬을 내어 경제와 부동산 관련 책을 읽었다. 그렇게 읽은 책이 내 삶에 희망을 주기 시작했다.

　좋은 집을 비교적 저렴한 가격으로 사기 위해 꼭 알아야할 것은 입지와 청약이었다. 집 문제로 고민하는 나를 지켜본 언니는 부동산 공인중개사로서 뼈가 되고 살이 되는 조언들을 해주었다. 결국 청약통장을 활용하여 입지 좋은 아파트 분양에 당첨이 되었다. 물론 거액의 집값을 마련하기 위해 중도금 대출을 받고, 허리띠를 더 졸라매야 할 것이다.

　경제와 부동산에 관한 책을 읽기 전에는 배경지식이 전혀 없었기 때문에 언니의 조언을 이해하기 어려웠다. 또 집은 저축으로 목돈을 마련해서 사야 하는 줄로만 알았기에 청약이나 대출을 활용하여 내 집 마련할 생각을 하지 못했지만 지금은 다르다. 집값이 떨어지든 오르든 나와 가족이 거주할 집은 꼭 필요하다. 더욱이 많은 사람들이 선호하는 입지 좋은 아파트는 부동산 시장이 하락기에 접어들더라도 집값이 쉽게 떨어지지 않는다. 이러니 어찌 독서를 하지 않을 수 있겠는가?

둘째, 자녀에게 훌륭한 엄마가 되기 위함이다. 나는 아이가 셋이다. 아이들이 잠든 모습을 보면 정말 사랑스럽고 천사라는 생각이 든다. 하지만 아이들을 어떻게 잘 키울까 생각하면 이내 마음이 무거워진다.

결혼 전에 병원(정신건강의학과)과 교육청 Wee센터에서 일하면서 아이들에게 가정환경이 얼마나 중요한가를 실감했다. 그곳에서 부모의 잘못된 양육방식이나 불안정한 가정환경 탓에 이상 행동을 보이거나, 정서적으로 문제를 겪는 아이들을 많이 만났다. 부모들은 자녀에 대해 잘 안다고 생각하지만 그건 큰 착각이다. 많은 부모들이 자녀의 마음을 몰라도 너무 몰랐다.

나는 아이들을 기르는데 시행착오를 최소화하고 싶어서 책을 읽는다. 물질적 지원은 풍부하게 해줄 수 없더라도 정서적 지원은 누구 못지않게 풍부하게 해주고 싶다. 그래서 감정코칭도 배우고, 아이들의 성장 단계별 행동이나 심리적 특성도 배우고자 한다. 그래서 이와 관련된 책을 읽는다. 더불어 내 아이들도 책과 친숙하게 지내도록 신경 쓰고 있다. 어려서부터 책을 자주 접하는 환경에서 자란다면 풍부한 지식과 고운 마음씨, 사회성을 갖춘 어른으로 성장하리라 믿기 때문이다.

요즘은 재미있고 독특한 그림과 함께 짧지만 생각할 거리를 담고 있는 그림책이 정말 많다. 인성, 생활습관, 또래 및 가족관계, 자연과 환경, 전통과 예절 등 다양한 주제의 그림책을 꾸준히 접하게 하면 아이의 사고력, 상상력, 공감 능력이 자연스레 자라난다. 그림책 속의 등장인물이 당면한 상황을 헤쳐 나가는 모습을 보면서 아이는 세상을 살아가는데 필요한 지혜와 용기를 얻을 수 있다. 또한 비싼 학습지나 교구 없이 영어, 과학, 수학, 역사 등 여러 과목을 재미있게 배울 수도 있다.

그래서 아이들이 그림책에 더 흥미를 느끼고 자주 접하게 해주고 싶어서 동화구연지도사 자격증을 취득하였다. 동화구연을 배우고 그림책을 읽어주니 엄마가 예전보다 책을 더 재미있게 읽어준다며 아이들이 좋아하는 모습을 보니 뿌듯하다.

셋째, 나 자신의 행복을 위함이다. 나는 누군가의 딸, 아내, 엄마, 직장인으로만 살다가 인생을 마치고 싶지 않다. 살아가면서 다양한 역할을 하는 것은 어쩔 수 없는 일이지만, 그 속에서도 나 자신을 지키고 싶다.

나는 직업상 타인의 삶을 깊게 들여다 볼 일이 많이 생긴다. 많은 사람들이 자신에게 주어진 역할만 수행하다가 결국 "내 인생은 어디 갔냐?"며 호소하는 걸 자주 들었다. 물론 가족의 생계를 위해서는 자신의 역할에 충실해야 한다. 하지만 정작 자신이 누구인지, 무얼 좋아하는지, 어떤 인생을 살고 싶은지 잊어버린 채 가정, 직장, 사회에서 맡은 역할수행에만 몰두하다 보면 자신의 소중한 삶을 잃고 불행해지는 경우가 많다. 따라서 어떠한 경우에도 자신의 꿈과 행복을 지키기 위한 무엇인가 하나는 잡고 있어야 한다.

그렇다고 갑자기 더 배우고 싶다고 대학(원)에 진학한다거나, 자신을 찾고 싶다고 직장을 그만 두거나, 해외여행을 가거나, 봉사활동을 하거나, 거액의 기부를 하기는 사실 어렵지 않은가?

이때 가장 좋은 것이 독서와 글쓰기를 통한 자기계발이다. 자투리 시간을 활용하면 되고 큰돈이나 엄청난 노력이 필요한 것도 아니다. 그래서 나는 지금 독서와 글쓰기로 나의 꿈과 행복을 향유하고 있다.

처음에는 책읽기로 시작했지만, 차츰 블로그 글쓰기를 하면서 그 영역을 확장하고 있다. 블로그를 통해 『인문학 다이어트』의 저자인 문현정 작가님을 만났고, 덕분에 조금씩 글을 쓰기 시작했다.

독서모임을 통해 읽은 책을 일상에 유용한 팁으로 활용하여 내 삶에 적용하기 시작하면서 글쓰기가 곧 돈이요, 행복이요, 강력한 자기계발의 도구라는 것을 절감하고 있다.

예전에 나는 글을 쓴다는 생각을 해본 적이 없었다. 그런데 지금 이렇게 쓰고 있다.

"댓글도 글이다."

문현정 작가님의 말을 듣고 댓글도 쓰기 시작했다. 이후 김종원 작가님의 『말의 서랍』에서 댓글을 제대로 쓰는 방법을 보았고 적용하려 노력했다. 그러자 놀라운 결과가 나타났다. 블로그 이웃들이 이벤트를 할 때, 응모해서 여러 번 당첨된 것이다. 댓글에 진정성이 느껴진다는 평가와 함께 이벤트 선물로 커피, 책 등을 받았다. 돈으로 치면 소액이지만 이런 것이 바로 소소하지만 확실한 행복, 즉 소확행이 아니던가?

가장 기뻤던 것은 내 댓글에 상대방이 공감하며 감동받고 위로받았다는 답댓글을 보았을 때다.

'아, 나의 짧은 댓글이 뭐라고 이 댓글에도 사람이 힘을 얻는구나.'

며칠 전에는 KBS 조승연의 굿모닝팝스라는 라디오 프로그램에 사연을 보냈더니 당첨이 되어 방송 중에 내 사연이 소개되기도 했다. 방송 중 갑자기 DJ 조승연 작가님이 내 이름을 언급하면서 내가 쓴 사연 글을 읽어주는 것을 들었을 때 그 놀람과 기쁨이란 표현하기 어려울 정도였다.

이런 경험을 통해 나는 책읽기는 나무의 씨앗을 심고 물을 주는 힘든 일이지만, 글쓰기는 그렇게 키운 나무의 열매를 수확하는 달콤한 일임을 알게 되었다.

지금은 독서모임에서 그동안 읽고 토론한 책 중에서 자신에게 적용하여 변화했던 경험을 글로 써서 책으로 엮는 작업에 동참하고 있다. 예전의 나라면 꿈도 꾸지 못했을 것이다.

그런데 지금은 당당하게 쓰고 있다. 아직 글쓰기가 어렵고 두려워 스트레스로 다가오지만, 이것을 해냈을 때의 열매가 얼마나 달콤한지 경험했기에 기꺼이 감수하면서 글을 쓰고 있다.

나의 글이 책읽기와 글쓰기는 자신과 상관없는 일이라고 생각하는 이들에게 조금이라도 자극을 주는 역할을 했으면 한다. 내 글을 보고 어떤 한 사람이라도 인생의 변화가 절실한 순간에 조금이라도 보탬이 되었으면 한다.

삶이 구질구질하고, 그래서 더는 이렇게 살고 싶지 않은데, 당장 무엇을 해야 좋을지 몰라 고민하고 있을 때, 변화를 위해 책읽기와 글쓰기를 선택했던 나의 이야기를 접하고, 나처럼 독서와 글쓰기를 실천해 나가는 사람이 생긴다면 좋겠다.

강준이 ————————————————

135

　시골길에는 수많은 들풀이랑 시내가 어울려 있다. 시골길을 걸으며 잎이 돋아나는 나뭇가지를 보고, 말하고, 만지기도 한다. 예쁘고 향기 좋은 꽃에 반하기도 한다. 여유롭게 흐르는 시냇가에서 다슬기도 잡고 더위를 식히기도 한다.

　사람들은 삶의 길에서 수많은 것을 보고 경험한다. 내 고장 부산 도로에는 헤아릴 수 없는 것을 경험할 수 있다. 시야에 들어오는 사람이나 자동차 수만큼이나 다양한 일을 겪으며 생활한다.

독서모임인 부산큰솔나비에서 시골 길가의 들풀같은 행복한 이야기의 떡잎을 싹틔웠다. 2017년 여름이 무르익어 가던 칠월에 아들은 사회복지요원으로서 기초훈련을 받기 위한 훈련소 입소가 코앞이었다. 아들은 훈련소 입소를 앞두고 만만치 않은 시간을 보내는 중이었다. 나도 생활에 속아 씁쓸함을 맛보던 시간이었다.

그때 운명처럼 부산큰솔나비가 세상에 나오기 위해 마지막 진통을 끝내고 있었다. 부산동래우체국에서 시작한 독서모임은 초기에 우체국직원들이 많았다. 첫 회에 혼자 참가한 후 두 번부터 아들에게 같이 가보자고 했다. 훈련소 입소를 앞둔 아들은 선뜻 함께 하겠다고 했다. 남편은 자식에게 강요해서 데리고 다닌다며 힐책했다.

그래서 모임이 있기 전 날 밤에 참석여부를 묻곤 했다. 그때마다 아들은 항상 긍정적이었다. 남편의 말대로 내가 부드럽게 강요하는 것은 아닌가 할 때도 있었지만 어쨌든 아들은 함께 해주었다.

부산큰솔나비 선배님들은 아들에게 많은 칭찬과 격려를

해주었다. 아들은 무사히 훈련을 마치고 와서 대학 도서관에서 사회복무요원으로 근무하기 시작했다. 그동안 읽었던 책의 내용 중에서 지금의 현상을 좋게 해석할 수 있는 문장들이 떠올랐다.

"간절히 바라면 이루어진다."

"시크릿!"

"네 안의 거인을 깨워라."

이런 문장을 바탕으로 나는 간절한 소망 하나를 더 가슴에 담았다.

"아들이 독서모임을 즐기는 청년이 되기를 소망합니다!"

소망이 이루어지는 첫 계단인가! 아들의 일상이 책을 보고 만지는 것으로 변하기 시작했다. 독서토론에 참석하면서 좋은 동기부여를 받은 것이다.

행운의 신은 아들의 인생이라는 길가에 도서관과 독서토론의 거리를 선물했다. 늦잠을 자는 아들이 매월 첫째, 셋째 주 토요일 아침에는 새벽에 일어나서 집을 나선다. 지정된 책을 '읽고 본 것, 들은 것, 깨달은 것'으로 이야기 하는 것을 지켜본다. 같은 책인데도 관점에 따라 물과 불처럼 다른 것을 알 수 있었다.

어린 시절 나는 책을 읽고 싶어도 책이 없어서 못 읽었다. 상급학교에 진학하고 싶어도 딸이어서 진학을 못했다. 부모님의 가난이 한스럽기만 했다.

그것이 트라우마로 자리잡았는지, 아들의 나태한 생활습관을 볼 때면 해야 할 말과 참아야 하는 말을 분별하는 판단력이 흐려질 때가 많았다. 그동안 엄마로서 하지 말아야 할 말을 많이 하면서 아들을 키워왔다. 아이에게 남부럽지 않게 해주고, 아르바이트 하지 않고 공부에만 전념하게 해주면 당연히 공부를 잘할 줄 알았다.

아들의 장점 앞에서는 중중 시력장애자가 되고, 아들의 약점 앞에서는 전자현미경이 되었다. 아들만은 유독 너그럽지 않게 대했다.

그런데 독서모임에서 선배님들은 아들의 단점 앞에서는 장님이 되었다. 리더 선배님이 그 중에 최고 장님이었다. 아들이 단점을 보지 못하고 아주 많이 칭찬을 해줬다. 마치

나와 정반대인 안경을 쓰고 있었다. 그럴 때마다 가슴이 먹먹할 정도로 고맙고 감사했다.

처음 참석할 때는 욕심꾸러기 심보로 갔다. 독서모임에서 책을 읽고 바람직한 청년으로 변화하기를 기대하면서 데리고 다녔다. 참석 횟수가 더해지는데도 아들이 책을 같이 읽고 적용하지 않는 것이 못내 눈에 거슬렸다. 아들이 어떤 생각을 하는가보다 왜 변화하지 않는가에 천착한 시기였다.

도서관에서 마음껏 책을 읽고 흐뭇하고 꽉찬 기분으로 늦은 밤에 귀가해서 현관문을 열면 모든 것이 사라지고 힘들다는 생각이 저절로 올라왔다. 늦은 밤인데 텔레비전은 혼자서 심심하지도 않은지 말하기를 멈추지 않고, 아들은 방에서 폰에 빠져 있었다. 폰에 빠져 있는 아들은 건강을 망치는 자세로 의자에 앉아 있었다. 대책 없이 화가 났다.

책에서 지식은 얻었지만 지혜는 얻은 게 없는 순간을 마주하게 된다. 그러면 나는 또 하지 말아야 하는 말을 내뱉는다.

"나중에 무슨 직업으로 밥 벌어 먹으려고 이렇게 막 살아? 말과 행동이 일치되는 생활을 한다고 약속하고는 작심삼일도 아니고, 도대체 너는 내 아들이 아닌 것 같다. 유전자 검사라도 해봐야 되겠다."

얼굴이 확 달아오를 말들이 어쩜 술술 나왔을까? 그런데 독서모임에 참석하는 회차가 늘어남에 따라 아주 느리지만 조금씩 화라는 놈이 내게서 떠나가는 것을 느꼈다. 아들이 책을 읽고 느낀 점을 이야기할 때는 엄마가 아닌 관찰자, 이웃집 아줌마의 시선으로 바라 볼 수 있는 여유가 생긴 것이다.

선배님들은 공부해서 나와 아들에게 고스란히 내어준다. 그냥 말만 들어서는 맛을 느낄 수 없는 논두렁, 밭두렁 같은 이야기를 찰나처럼 내 혈관의 흐름을 빠르게 하여 가슴에 손을 가져다 얹게 한다. 그때마다 아들을 있는 그대로 보는 시간을 가질 수 있었다. 이런 일상을 365일로 두 번이나 보냈다.

독서모임은 아들보다 내게 꼭 필요한 것임이 틀림없다. 『미움받을 용기』를 읽고, 본깨적(보고, 깨닫고, 적용하는 것)을 통해 변화해야 할 대상은 아들이 아니라 나임을 확실하게 알았다.

독서모임은 내 삶의 마당에 있는 평상 같은 모임이다. 편안한 여유를 갖게 한다. 삶을 쉬면서 즐길 수 있는 편백나무로 만든 멋진 평상으로 이뤄진 것이 부산큰솔나비 독서모임이다. 나이가 많아도, 나이가 어려도 선배님이라고 부르는 호칭이 좋다. 독서모임의 향기가 우리 모자에게 스며들게 해서 좋다.

오늘도 아들과 같이하는 독서모임을 계속하면서 그렇게 성장한 나와 아들이 행복을 배달하는 사람으로 거듭났으면 하는 소망을 담아 본다.

● 김 정 윤

아내는 프로만화가를 꿈꾸었지만 여러 번 실패하고 나
와 동거를 시작했다. 동거생활 중에 아내는 부산교육대 편
입으로 늦깎이 대학생활과 임용시험준비 등으로 바쁜 날을
보내야 했다. 돈이 없어서 부산교육대 옆에 있는 하숙집에
신혼 보금자리를 틀었다.

보증금 200만 원에 월세 13만 원인 마당이 있는 양옥집
단칸방이었다. 부엌 겸 세면장이 있었고, 마당 한 켠에 있
는 일명 푸세식인 공동화장실을 사용해야 할 정도로 열악
한 환경이었지만 신혼이기에 무조건 좋았다. 아내는 내가
버는 돈으로 생활비와 학업을 이어갔다.

그러던 중 방 2칸이 딸린 집으로 이사를 하고 아내의 공부도 무사히 마칠 수 있었다.

여유가 생기자 자연스레 2세 계획을 세웠지만 아무리 노력해도 임신 소식은 들리지 않았다. 유명하다는 불임병원 여기저기를 전전하던 중 아내의 몸은 갈수록 지쳐갔고 중간에 유산의 아픔도 두 번이나 겪으면서 더욱 힘들어 했다.

"무자식 팔자인가 보다. 부부끼리 재미있게 살자."

서로 위로하며 마음을 내려놓는 순간 첫째가 찾아왔다. 결혼 6년차 때였다. 뜻하지 않게 둘째, 셋째까지 뒤늦게 3연 타석으로 홈런을 때렸다. 아이가 없어 하늘을 원망하던 신세에서 어느 새 '다산과 정력의 상징'이 되어버렸다. 준비도 하지 않은 채 받아 들여야 했던 뜻하지 않은 왕관이었다.

눈만 마주쳐도, 옷깃만 스쳐도 애가 생기는 것이 아닐까? 지금은 이런 비과학적인 생각이 들면서 살짝 겁이 나기도 할 정도다.

세 아이 육아는 그야말로 총성 없는 전쟁터였다. 베이비시터(BabySitter)를 구할 형편은 안 되고, 양가 할머니들도 먼 곳에 계시기에 아내가 독박육아의 십자가를 짊어져야 했다.

아내는 결혼 이후 짧은 교사생활을 마감하고 8년째 휴직하며 애들을 키우느라 하루하루 정신없이 보내고 있다. 이제 선생님의 모습은 어디에서도 찾을 수 없고, 3명 육아의 성장통을 통해서 원더우먼으로 탈바꿈했다. 자연스레 우리 부부의 최대 관심사는 올바른 육아에 쏠려 있다.

'어떻게 하면 아이들을 잘 키울 수 있을까?'

우리는 시중에 좋다고 정평이 난 육아서적은 웬만큼 섭렵한 상태였다. 그 중에서 존리의 『엄마, 주식 사주세요』는 학부모라면 누구에게나 추천하는 책이다.

우리는 이 책을 통해 다음과 같이 육아의 방향성을 명확하게 세울 수 있었다.

첫째, 우리는 헬리콥터-맘(MOM)을 절대 지양한다. 존리 대표는 책에서 우리나라 사교육 시장의 지나친 팽창과 쓸데없는 사교육비 지출에 대해서 크게 우려하고 있다. 차라리 그 돈을 부부의 노후자금으로 마련해 놓으면 어떨까? 그게 아니면 자녀가 사회에 나왔을 때 창업가로 키우기 위한 자본으로 쓰면 어떨까?

대다수의 학생들은 15년 이상 사교육비로 많은 돈을 지불하고도 정작 사회에 나와서 눈높이에 맞는 직장을 구하지 못하는 경우가 많다. 헬리콥터맘이 아무리 많은 사교육비를 지출해도 아이는 제대로 된 사회인으로 성장할 수가 없는 것이다. 따라서 어떠한 경우에도 헬리콥터맘은 지양하는 것이 좋다.

둘째, 자본의 힘이 뭔지 알 수 있도록 어릴 때부터 지속적으로 주식교육을 시킨다. 사교육을 줄이면 그 돈으로 자녀에게 물려줄 수 있는 주식을 사 모을 수 있다. 메리츠 자산운영의 존리 대표가 그렇게 했고, 세계적인 투자가 워렌 버핏의 아버지가 그렇게 했다.

자본주의 사회에서 자본의 힘, 금융의 힘을 가장 크게 발휘할 수 있는 것이 바로 '주식'이다. 보유중인 종목, 기업에 관한 뉴스를 같이 찾아보고 공부하다 보면 자연스레 수학, 경제, 사회, 도덕, 역사, 지리, 무역, 통계, 경영, 철학, 등 다방면의 공부도 저절로 할 수 있다. 어려서부터 괜히 사교육에 낭비하는 것보다는 지속적으로 주식교육을 시키는 것이 중요하다.

셋째, 공부는 독서하는 모습을 부모가 솔선수범해서 모범으로 보여준다. 자녀를 가장 잘 키우는 방법은 부부가 서로 사랑하고 아끼는 모습을 보여주는 것이다. 아이들은 부모의 뒷모습을 보고 자라기 때문이다. 마찬가지로 아이가 공부를 잘 하게 하려면 부모가 평소에 책 읽는 모습을 자연스럽게 보여주는 것으로 충분하다. 지금은 문자, 문장, 문단의 해독을 통한 전달자(저자)의 의중 파악이 무엇보다 중요한 세상이다. 잘 읽어내고, 이해하고, 흡수하고, 재해석해서 그것을 본인의 것으로 만들어 타인과 소통하는 능력이 필수다. 이것만 확실하다면 평생공부의 베이스캠프(=기초체력 훈련)는 완성됐다고 볼 수 있다.

우리집에는 TV가 없다. 대신 책들로 가득 차 있다. 우리 가족은 틈만 나면 책을 읽는다. 각자 읽고, 또 같이 읽고, 책에 대해서 서로 나눔도 한다. 아이들이 어릴 때부터 몸에 배도록 의식적인 노력을 하다 보니 애들의 독서습관은 물론 우리 부부의 독서 내공도 엄청나게 올라왔다.

넷째, 최빈국과 최선진국 여행을 기획하고 실천한다. 우리 부부는 학원에 쓸 돈을 모아서 일부는 같이 투자하고, 일부는 1~2년에 한 번씩 해외여행을 계획하고 있다. 한 번은 최빈국, 한 번은 최선진국을 여행하는 방식이다. 최빈국을 다녀오면 지금 가정생활의 안락함이, 부모의 보살핌이 얼마나 소중한지를 알게 될 것이다. 최선진국을 여행하면 향후 나의 경쟁상대는 우리 반, 우리나라의 친구가 아니라 최선진국의 구성원이라는 것을 느끼면서 꿈도 크게 꾸게 될 것이다. 자연스럽게 글로벌 마인드를 갖게 될 것이고, 글로벌 인재로 성장할 수 있을 것이다.

지금까지 밝힌 우리 부부의 육아 가치관을 간단하게 요약 정리하면 아래와 같다.

1) 사교육비에 쓸데없는 돈을 쓰지 말자.

2) 사교육비 모아서 어릴 때부터 주식투자를 가르치자.

3) 공부는 부모가 먼저 독서로 모범을 보여 아이들도 독서습관을 몸에 배게 하자.

4) 최빈국, 최선진국 여행을 기획하고 실천하자.

박 혜 정

저는 철부지 엄마였어요

준비없이 결혼을 하고 4년 후에 준비없이 엄마가 되어버렸다. 내 아이는 잘 키우고 싶었다. 똑똑하고 멋진 아이로 키우고 싶어서 육아서적을 읽고 따라 했다. 영재를 키운 부모들이 아이에게 책을 읽어 줬다고 해서 나도 당장 TV를 없애고 책을 읽어주기 시작했다.

낮에 직장에서 엄청 바쁘게 일하고 집에 오면 옷도 벗지 않고 아이 옆에 누워서 책을 읽어주기 시작했다. 나도 그렇지만 아이도 어린이집에 다니느라 피곤해서 얼마 읽지 못하고 잠이 들곤 했다.

그럴 때일수록 너무 속이 상했다. 더 읽어 주고 싶은데, 더 읽어줘야 하는데….

불안했다. 언젠가는 자는 아이에게 책을 더 읽고 자야 한다면서 살짝 흔들어서 일어나지 않으면 꼬집어 깨운 적도 있었다. 그러면 아이는 엄청난 짜증을 내면서 울기도 했다.

우리집의 거실은 내 욕심으로 온통 책장으로 둘러 쌓여 있었다. 쇼파 대신 탁자와 의자가 있었고 여느 도서관 부럽지 않을 정도로 책이 많았다. 그런데 내 기대와 달리 아이는 책을 거들떠보지도 않았고, 책장엔 먼지가 쌓이고 책은 그 자리에서 색이 바래가고 있었다.

지금 생각하면 부끄러운 일이다. 하루 종일 일하는 엄마를 기다리며 얼마나 보고 싶어 했을까? 그 마음을 헤아려 꼭 안아주고 "사랑해!"라고 속삭여야 했는데, 얼마나 똑똑하게 키우려고 그렇게 모질게 굴었을까? 생각만 해도 너무 부끄럽고 아이에게 미안하다. 그땐 정말 철없는 엄마였다.

이대로 살 수 없어 책장에 책들을 정리하기 시작했다. 정말 책을 좋아하는 아이들에게 모두 주었다. 마음은 아팠지만 한편으로 개운한 감도 들었다. 책을 좋아하는 아이들에게 꿈을 주었으니 그것만으로도 충분하다고 스스로 다독였다.

엄마인 나는 변하기 시작했다. 아이에게 읽어주는 책이 아니라 나를 위한 책을 읽기 시작했다. 처음엔 자기계발서로 시작해서, 마음을 다스리는 심리를 다룬 책과 인문학 책까지 열심히 읽기 시작했다.

부산큰솔나비 독서모임에 참석하면서 독서코칭수업, 독서토론을 위해 읽고 또 읽었다. 그러다 보니 너무 바빠서 아이에게 잔소리할 시간이 없었다. 잔소리를 하지 않으니 아이도 좋아했고, 나는 책 읽는 것이 너무 행복해서 푹 빠져 있으니 좋았다.

아이들은 알아서 마음이 따뜻하고 배려심이 깊은 아이로 크고 있었다. 가끔 친구들에 대해 좋게 이야기하는 것을 들을 때면 내 아이들이 잘 크고 있다는 생각에 감사한 마음이 들었다. 친구들이 잘 되는 것을 축하해 주는 마음을 가진 두 딸이 사랑스런 아이로 잘 커주고 있다는 것을 확인할 수 있기 때문이다.

"우리 엄마는 책 읽는 것을 무지 좋아하고 많이 읽어요."

언젠가 독서 선생님과 전화 통화를 했을 때 우리아이가 이렇게 엄마 자랑을 하더란다. 아이의 말을 듣고 "멋진 엄마예요."라고 말하는 선생님의 말에 좀 부끄럽기는 해도 기분은 무지 좋았다.

나는 지금 철부지 엄마에서 현명한 엄마로 변화하려 끊임없이 노력하고 있다. 예전에는 아이를 변화 시키려고 했으나, 지금은 내가 먼저 변화하기 위해서 최선을 다하고 있다.

마음의 근육을 키우는 마음공부

내 마음을 들여다보게 만드는 사람은

나를 칭찬하고 잘해주는 사람이 아니에요.

나의 마음공부는

나에게 모욕을 주고 화를 내고

나를 실망시키고 어렵게 만드는 그런 사람들로 인해

시작하게 돼요.

그들이야 말로 보살의 화신입니다.

  - 혜민 스님의 『멈추면 비로소 보이는 것들』. 217쪽.

20대를 치열하게 살았다. 대학생활은 공부와 아르바이트를 병행하며, 풍족하지 못한 가정형편에서 탈피하고자 시간을 쪼개가며 헛되이 보내지 않도록 노력했다. 대학졸업 후 서울에 있는 큰 회사에 어렵사리 취직이 되었다. 회사에서 높은 자리까지 올라가고 싶었다. 남자사원들보다 능력을 인정받고 싶어 일은 물론, 회사의 모든 행사, 동아리활동에는 빠짐없이 참석했고, 회식 때도 권하는 술은 오바이트를 해 가며 다 받아 마셨다.

과자를 생산, 판매하는 회사의 기획팀에서 근무했다. 전날 공장의 생산량과 판매량을 체크하고, 원재료와 부자재의 수급단가를 파악해서 회사에 수익성이 나는 일인지를 분석하고 보고하는 일을 했다. 매월 사장님이 3개의 공장의 공장장님들과 함께 하는 월례회의 자료를 만드는 일은 엄청난 스트레스였다. 아침 8시부터 밤 11시까지 책상에 앉아 거북이목처럼 얼굴을 내민 채 모니터만 바라보았다.

'워라밸'이라는 말 자체가 없었던 당시에는 상관이 퇴근하지 않으면 부하직원은 감히 퇴근할 엄두조차 내지 못했다. 회사에서 승진하려면 개인생활은 포기하는 것이 '성공의 정석'으로 통하던 때였다.

스트레스로 인해 신경성 편두통과 변비를 얻었다. 약 없이는 하루하루를 견디기가 힘들었고, 변비가 심해져 관장약의 힘을 빌리다 보니, 괄약근은 내 힘으로 조절되지 않는 불수의근(신체의 근육 중 의식적으로 조절할 수 없는 근육)으로 변해갔다.

'어떻게 들어간 꿈의 회사인데', 그 어떤 어려움도 극복해나갈 수 있다고 다짐했건만, 이렇게 살다가는 내가 꿈꾸던 '상무이사'커녕 과장도 해보지 못한 채 주검으로 발견될 것 같은 무서운 생각이 들었다.

입사한 지 1년 반 만에 다른 팀으로 어렵사리 전출신청을 했다. 우리 회사에서 전출신청이 받아들여진 것은 내가 처음이어서 많은 사람들 입에 오르내렸다. 누가 뭐라 해도, 살아갈 최선의 방법을 찾은 거라며 나 자신을 다독였다.

새로 근무한 곳은 생산과 관련된 업무를 지원하고 원자재의 수급을 원활히 하기 위해 신설된 생산지원팀이었다. 총무팀 한편에서 관련 업무를 하고 있던 평소 친분이 두터

왔던 팀장님, 대리님과 나 그리고 보조사원이 새로운 팀에서 새 업무를 시작했다.

신설 팀이어서 해야 할 일이 정확하게 구분되지 않았고, 일이 그다지 많지 않았다. 팀장님은 우리의 힘으로 수출을 해 보자며, 우리제품의 수출을 알아보라고 지시했다. 지자체와 국가기관이 시행하는 여러 가지 수출지원 프로그램에 참가하여 대만회사와 수출계약도 체결했다. 첫 수출 건은 공장에서 현장직원들과 40피트 컨테이너에 박스적재 작업을 함께 했다. 7월, 한더위 속, 컨테이너 속에서 구슬 같은 땀방울을 흘리며 일하면서도 힘들다는 생각이 단 한 번도 들지 않았다.

어려운 일을 익숙하게 만들고 나니, 업무가 너무 쉬워졌다. 선배사원의 업무를 위임받으라는 팀장님의 지시가 있었다. 선배는 일을 눠주지 않았다. 일을 달라고 어르고, 보채고, 아부까지 떨어봤지만, 소용이 없었다. 팀장님도 난감해했다. 다른 팀 직원이나 상무님이 내 옆을 지나가면, 상담 전화를 받는 척, 열심히 일하는 척을 해댔다. 말 그대로 회사와 집을 오고 가는 몇 달을 보냈다. 일하지 않고도 월급을 받아간다는 것이 부끄러웠고, 내 일이 없다는 것이 꼭 왕따를 당한다는 느낌마저 들게 했다. 기획팀 일이 힘들어 도망치듯 다른 팀으로 전출 신청했던 것을 후회하고 있었다. 고심을 거듭한 끝에 회사를 그만두고, 새로운 세계를 경험하기 위해 호주로 날아갔다.

결혼하고 부산에 정착했다. 호주에서 배운 '아로마테라피' 관련한 일을 하고자, 포트폴리오를 만들어 각종 문화센터와 직업학교를 찾아다니면서 홍보했다. 관련부서에 전화를 하고, 무작정 찾아갔다. 문전박대를 당하는 곳도 여럿 있었다. 부산시내의 20군데 이상 문화센터에 영업을 한 결과, 롯데문화센터를 시작으로 몇 곳에서 연락이 왔고, 이것을 계기로 부산 전지역의 백화점과 대형마트에서 강사 일을 시작했다. 부산 지역의 대학 강의도 맡게 되었다.

'아로마테라피'와 '마사지'를 전문으로 작은 피부샵을 오픈하여 강의와 병행했다. 평일 낮과 밤에는 문화센터와 학교에서 강의를 하고, 주말에는 남편과 함께 아로마관련 인터넷 쇼핑몰을 구축했다. 이렇게 내 사업은 맨땅에 헤딩하는 것을 시작으로 아주 조금씩 발전하기 시작했다.

　첫아이를 출산하고 한 달 만에 학교강단과 회사로 돌아
왔다. 양가 부모님은 아기를 봐줄 수 없는 상황이었다. 한
달도 안 된 핏덩이 같은 갓난아기를 맡길 어린이집을 알아
보러 부산, 진구의 영아전담 어린이집을 다 돌아다녔다.
　"이렇게 어린 아기는 맡은 적이 없습니다."
　대부분 거절했다. 8월초 쨍쨍 내리쬐는 햇볕 아래 내 마
음이 타들어 가는 듯 답답했다. 땀인지 눈물인지 모를 물들
이 섞여 얼굴을 타고 주르륵 흘러 내렸다. 화를 내고, 소리
를 질러도 보았다. 내가 처한 현실이었고, 극복해야 할 과
제였다.
　어렵게 찾은 어린이집에 아기를 맡기면서 닥치는 대로
일을 했다. 밤 8시 이후가 되어서야 아기를 데려와 젖을 먹
이며 육아를 함께했다. 악착같이 일을 한 결과, 매출도 매
년 조금씩 오르고, 직원들도 더 채용하게 되었다. 그렇게
인생은 노력한 만큼의 대가를 가져다준다고 생각했다.

환하게 빛나던 내 인생에 시커먼 먹구름이 드리워지기 시작한 것은 3년 전이다. 어느 때부터인가 매출이 극감하기 시작했다. 7명의 직원과 나를 건사하기 힘들어졌고, 몇 달이 지나서는 더 이상 버틸 힘을 잃었다. 몇 명에게 퇴사를 권장하던 중 모든 직원이 한 번에 퇴사하겠다는 의사를 밝혔다.

'어떻게 이들이 한꺼번에 그만둘 수 있을까?' 회사에 범상치 않은 기운이 감돈다는 것을 직감했다. 마지막 날, 한 직원은 나에게 그렇게 살지 말라며, 막말을 하며 회사를 나갔다.

'내가 그들에게 뭘 그렇게 잘못했을까?'

어이가 없어 한참을 그대로 서 있었다.

CCTV영상을 돌려 보았다. 내가 강의 나가고 없는 최근 몇 달 동안 모든 직원들이 합심하여 회사의 제품을 차에 실어 반출하고 있는 장면들이 나왔다. 믿을 수가 없었다. 평소, 회의를 하거나, 지시를 하면, 회사의 원가를 절감해야 한다며 오히려 나를 나무라던 그들이었다. 영상을 보고 있으면서도 그들이 우리 직원들이 아니기를 바랐다. 회사를 시작할 때부터 함께 일했던 직원도 포함되어 있어서, 내가 느낀 배신감은 몇 해 전 동일본을 집어삼킨 강력한 쓰나미보다 더 위협적이었다.

CCTV영상을 근거로 퇴사한 직원들에게 제품반환을 요청했으나, 이들은 오히려 나를 노동청에 악덕고용주로 고소했다. 사법경찰이라는 노동 감독관 앞에서 처음으로 조사를 받았다. 직원들 말만 듣고, 내가 잘못한 것을 조목조목 따져, 그들에게 미지급 임금을 지급하라고 했다. 이미 준 돈도 법적으로는 효력이 없다고 했다. 너무 부당하고, 억울한 생각이 들어서 한 마디 던졌다.

"이렇게 하면, 대한민국에서 누가 사업을 할 수 있습니까?"

"그래서, 저는 사업은 절대 못합니다."

감독관이 당연하다는 듯 말했다. 할 말이 없었다. 감독관은 전적으로 노동자 편이었다. 당시는 지금처럼 '최저임금법'이 강화되지 않던 때라, 작은 회사를 운영하고 있던 나는 직원들과의 합의에 의해 근무시간과 급여를 결정했다. 법을 모르고 사업을 하고 있었던 내가 참으로 한심하다는 생각이 들었다. 감독관이 요청하는 대로, 미지급 급여를 시일 내에 지급했다.

돈을 지급했음에도 불구하고, 직원들이 합의를 해주지 않아, 나는 검찰기소가 되었고, 재판에까지 서게 되었다. 억울해서 미칠 것 같았다. 누구라도 바짓가랑이를 잡고 나의 억울함을 호소하고 싶었다. 지극히 평범하고, 누구에게도 피해주지 않으며, 열심히 살았던 내가 피의자가 되어 재판에 선다는 것이 부끄러워서, 모든 일이 가치 없는 것으로 느껴졌다.

그 일이 일어나기 한 달 전만 해도 가족 같은 분위기로 고객들에게 소문이 나 있는 회사였다. 여러 번의 합의를 요청했지만, 6명 모두는 하나같이 그런 적이 없다고 잡아뗐다.

나는 그들을 경찰에 고소했고, 법적인 절차를 진행하느라 아이들과 가정을 제대로 돌보지 못했다. 꽤 오랫동안 신경

쇠약에 시달리며, 병원과 경찰서를 오갔다. 그동안 인간의 본질을 꿰뚫어 보지 못한 나 자신을 자책했다. 한편으로는, 이 난관을 넘지 못하면, 이후에 닥칠 다른 일도 똑같이 당하게 될까 봐, 굳게 마음을 먹고, 차근차근 법적으로 대응해 나갔다.

글쓰기를 하면 가슴의 응어리를 풀어낼 수 있다는 이야기를 들었다. 그 사건 이후 1년 이상 사람 만나는 것을 기피했던 나는 용기를 내어 글쓰기 강좌의 문을 두드렸다.

그곳에서 지금의 '부산큰솔나비' 회장님 부부를 만났다. 짧은 기간 동안 변화했던 이야기를 들려주었다. 나도 그들처럼 변화하고 싶었다. 그렇게 독서모임의 창립멤버가 되었다.

혜민스님의 책, 『멈추면 비로소 보이는 것들』을 읽었다. 그동안 인생이라는 자동차를 타고 고속도로에서 휴게소 한 번 들르지 않고 달려왔다. 성공이라는 목적지를 향해 고속도로 주변의 예쁜 풍경을 즐길 틈도 없이 달려가고 있었다.

그동안 휴게소에 들러 화장실도 가고, 맛있는 것도 사먹고, 또 동승자들과 이런 저런 이야기를 나누며, 여러 가지 사정을 살폈다면 어떠했을까?

44년 길지 않은 인생에서 나를 어렵게 만드는 사람들, 상황들을 수없이 많이 만났다. 상처도 많이 받았다. 당시에는 죽을 만큼 힘들었지만, 책을 읽으면서 그것들이 모두 내 마음의 근육을 단련시키는 마음공부였다는 생각을 하게 되었다.

인생은 생각하기 나름이다. 그동안 경험했던 힘든 일들을 '개고생'이라는 말로만 표현했는데, 책을 읽으면서 마음공부가 되었다.

독서모임을 함께 한 지 만 2년이 되었다. 그동안 다양한 책, 진정한 독서를 통해 마음공부를 더 많이 하게 되었다.

모임의 회원들, 특히 회장님 부부의 나눔을 통해서 내가 살고 있는 세상이 살아갈 만한 멋진 곳이라는 것도 알게 되었다.

격주로 열리는 독서모임을 매일 기다린다. 책을 통한 지식, 회원들의 나눔, 배려 등을 보고 배우면서 스스로 더 성장, 발전하는 기회가 된다.

토요일 아침, 6시 30분!

회원들이 먹을 간식을 양손 가득히, 새벽안개 속을 뚫고 독서모임 장소로 향하는 내 발걸음이 무척이나 가볍게 느껴지는 이유다.

사람은 변하지 않는다고

4부

안 자 경 ●─────────────────

사
랑
이

사
라
졌
다
면

이 책을!

우리가 타 문화권과 효과적인 의사소통을 원한다면 반드시 그 문화권의 언어를 배워야 한다. 사랑도 이와 비슷하다. 중국어가 영어와 다르듯이 당신의 사랑의 언어가 배우자의 사랑의 언어와 다를 수 있다. 중요한 것은 당신의 배우자에게 사랑의 언어를 사용하는 것이다.

- 게리 채프먼, 『5가지 사랑의 언어』 22쪽~23쪽.

결혼하기가 싫었다. 결혼해서 불행해 보이는 부부를 더 많이 보았기 때문이다. 게다가 아내와 며느리, 엄마 역할까지 할 자신이 없었다. 그래서 가능하다면 피하고 싶었던 결혼이었다. 그런데 타지에서 직장생활을 하면서 미혼의 젊은 여자가 혼자 산다는 것이 힘들다는 것을 알았다.

원룸에서 혼자 살고 있던 어느 날, 누군가 출입문 비밀번호를 누르고 있었다. 비록 번호를 몇 차례 눌러보고 계속 오류가 나자 그냥 돌아갔지만, 그때 집안에서 숨죽인 채 무서움에 떨었던 기억이 생생하다.

그 후로 결혼을 결심했다. 결혼을 결심하게 된 가장 큰 동기는 사랑하는 사람과 함께 살고 싶어서였다. 두 번째로 남편이 있으면 든든할 것 같았다. 결혼상대는 오래 만나 서로 신뢰감이 형성되어 있고 대화가 잘 통하는 남자친구였다. 그렇게 시작한 결혼생활은 초기에는 연애생활과 비슷해서 별 문제가 없었다.

그런데 첫아이를 낳고 나서 부부갈등이 시작됐다. 직장생활과 집안일, 육아, 특히 모유 수유까지 병행한다는 것은 정말 힘든 일이었다. 나만을 위한 시간이 사라지자 일상이 힘들었다. 매사에 짜증을 내다보니 서로 미워하기 시작했다.

　결혼 초기에 알콩달콩하던 애정은 어디론가 사라져 버렸다. 아침마다 아기에게 모유를 먹이고 허둥지둥 나서던 출근길에서 마음 속으로 남편을 참 많이 미워했다. 직장에서 점심시간만 되면 재빨리 식사를 마치고 유축기로 모유를 짜내는 일은 정말 고역이었다.

　남편에 대한 미운 감정과 삶의 고달픔이 목까지 차오를 때면 늦은 밤 혼자 앉아 법륜 스님의 『스님의 주례사』를 꺼내 읽고는 했다. 그렇게 책을 읽고 나면 어느 정도 마음이 좀 누그러지고 가벼워진 느낌이 들어서 한동안은 견딜 수 있었다. 책의 약발이 떨어질 때면 다시 그 책을 꺼내 반복해서 읽었다.

　가정의 행복을 위해 남편의 장점을 찾는 일을 시작했다. 교육청 Wee센터에 근무할 때 내담자들을 상담하면서 종종 사용했던 방법이다. 연필을 잡고 남편의 장점을 떠오르는 대로 적기 시작했다. 하루에 적게는 1개, 많게는 5개씩 틈틈이 남편의 장점을 적어 나갔다. 어느 정도 시간이 지나자 남편의 장점이 90여개에 이르렀다. 가끔 남편이 화나게 할 때면 남편의 장점이 적힌 그 종이를 가만히 들여다보았다. 그러면 남편에 대한 미움이 서서히 가라앉음을 느낄 수 있었다.

'그래, 이 정도면 좋은 사람이지, 그렇고말고.'

하지만 이것만으로는 부족했다. 뭔가 근본적인 해결책을 찾아야겠다는 생각을 했다.

그 무렵 부산큰솔나비 독서모임에서 게리 채프먼의 『5가지 사랑의 언어』를 만났다. 이 책을 통해 남편을 더 깊게 이해할 수 있었다. 나는 이 책값 11,000원으로 한 회기에 20만 원 정도의 비용이 소요되는 유명한 부부치료 전문가의 상담 클리닉을 여러 번 다녀온 효과를 얻었다고 말할 수 있다.

독서모임에서 이 책을 다룬 후 남편에게 책 뒤에 실린 '5가지 사랑의 언어 검사'를 제안했다. 검사결과 남편의 제1의 사랑의 언어는 '인정하는 말'이었고, 나는 '봉사'였다.

그러고 보니 연애시절에 남편은 나에게 참 많은 봉사를

했다. 내가 끼니를 거르지 않게 챙겨주었고, 어려운 학교과제를 잘 도와주곤 했다. 결혼 후에도 남편은 나를 위해 음식을 만들거나 청소를 하거나, 사소한 집안일을 거들어 주었다. 그럴 때마다 나는 남편에게 사랑을 받고 있다고 느꼈던 것이다.

그런데 나는 어떠했던가? 제1의 사랑의 언어가 '인정하는 말'인 남편은 자신이 한 행동에 대해 인정받고 싶어 했다. 하지만 나는 그때마다 핀잔을 주곤 했다.

"아이고, 또 자뻑이네!"

심지어 남편이 내게 자신이 했던 일에 대해 알아 달라고 생색을 낼 때마다 이렇게 비아냥거리기까지 했다.

그러니 어찌 부부 관계가 좋을 수 있었겠는가? 남편의 제1의 사랑의 언어가 '인정하는 말'임을 확인하고 나서 나는 남편에게 한없이 미안한 마음이 들었다.

'남편이 간절히 원하는 것을 나는 대수롭지 않게 무시하고 심지어는 핀잔까지 주었구나. 그러니 남편은 얼마나 좌절하고 힘이 들었을까?

　한 권의 책이 남편의 상처를 이해하게 하고, 앞으로 내가 해야 할 일이 무엇인지 일깨워주는 순간이었다. 다행히 이 책에는 배우자의 사랑의 언어가 '인정하는 말'일 경우 어떻게 행동해야 하는지 구체적인 방법으로 8가지를 제시했다. 나는 그 중에 당장 실천할 수 있는 세 가지를 골라 직접 실행하기 시작했다.

　첫째, "말이 중요하다"는 문장을 반복적으로 되뇌었다.

　둘째, 의식적으로 남편에게 칭찬하는 말을 하려 노력했다. 나의 제1의 사랑의 언어는 '봉사'였으므로 남편이 나를 위해 무언가 해주었을 때 무조건 "고맙다"는 말을 하려고 애썼다. 남편이 청소라도 해주면 꼭 이렇게 말해주었다.

　"당신 덕분에 집이 깨끗해져서 기분이 좋다."

　"당신이 청소를 해준 덕분에 내가 청소를 안 해도 돼서 고맙다."

말로 직접 전달하기 어려울 때는 카카오톡이나 문자메시지로 '고맙다'는 말과 하트 모양을 보내곤 했다.

셋째, 비록 가끔이지만 부모님이나 다른 사람 앞에서 남편이 아이를 잘 돌보고 집안일을 잘 해준다는 말을 하기 시작했다.

"그 집 남편은 어쩜 그렇게 아이를 잘 보는지 부럽더라."

지인이 이런 말이라도 하면 남편에게 꼭 그대로 들려주었다. 그리고 아이들에게도 아빠가 좋은 사람이라는 것을 알게 해 주었다. 남편이 아이와 재미있게 놀아주면 아이에게 꼭 이렇게 말했다.

"우리 수지는 참 좋겠다. 이렇게 재미있게 놀아주는 아빠가 있어서."

실제로 온몸으로 아이와 즐겁게 놀아주는 남편이 사랑스럽고 고맙고 멋있어 보였다.

남편은 나의 제1의 사랑의 언어가 '봉사'라는 것을 확인하고 이렇게 제안했다.

"앞으로 내가 해주기를 바라는 일이 있으면 돌려 말하지 말고 직접 말해 줬으면 해."

그러고 보니 나는 그동안 바라는 것이 있어도 직접 말하지 않고 꼭 이런 식으로 돌려서 말하곤 했다.

"방이 너무 지저분하네. 청소해야 되는데…."

남편은 이렇게 돌려 말하는 게 정말 싫다고 했다.

"방이 지저분하니까 청소해 줘."

이렇게 직접 말해주는 것이 좋겠다고 했다.

그때부터 나는 바라는 게 있을 때 구체적으로 직접 말하는 습관을 들였다. 물론 처음에는 남편이 해주는 일이 마음에 들지 않을 때가 많았다. 변기 청소하는 솔로 세면대를 청소하거나, 음식 맛이 형편없거나, 빨래를 꾸깃꾸깃하게 말리거나 할 때는 일이 서툴러 그런 줄 알면서도 속상할 때가 있었다. 하지만 이것은 어쩔 수 없는 일이라 받아들이고, 그때마다 속상한 마음을 내려놓고 하나씩 설명하며 알려주었다. 그러자 한동안 힘들었던 부부 관계가 좋아지기 시작했다.

쉬운 과정은 아니었지만 서로가 배우자의 제1의 사랑의 언어를 배우고, 그것에 맞춰 사랑의 언어를 구사하기 시작하면서 결혼생활이 행복해지기 시작한 것이다.

우리는 매일 매일 배우자를 사랑할 것인지 아니면 사랑하지 않을 것인지 선택해야 한다. 사랑하기로 선택한다면 배우자가 요청하는 것을 함으로써 효과적으로 사랑을 전달할 수 있다.

- 게리 채프먼의 『5가지 사랑의 언어』125쪽

지금은 결혼 후 사랑이 사라졌다고 생각하는 이들에게 이 책을 꼭 보라며 적극적으로 권하고 있다.

사람은 변하지 않는다고요? 웬걸요!

176

심리학은 타인을 바꾸기 위한 심리학이 아니라 자신을
바꾸기 위한 심리학일세.

- 아들러, 『미움 받을 용기』에서

어린시절은 가난했다. 엄마는 농사를 짓고 아빠는 공장
에 다녔다. 아빠는 술을 좋아하셨고 엄마는 잔소리를 하셨
다. 술에 취한 아빠에게 엄마가 잔소리를 하면 싸움이 커졌
고, 나는 술취한 사람에게 잔소리하는 엄마가 정말 싫었다.

"그냥 주무시게 놓아두면 조용할 텐데…."

이렇게 마음 졸이며 성장하면서 빨리 성인이 되어서 집

을 나가고 싶었다.

어른이 되어 독립했지만 나의 마음 속에는 그때 불안해 떨고 있는 내가 웅크리고 있었다. 미움과 불안, 불쌍함, 원망을 가득 안고 그냥 열심히 살아야 했기에 메이크업을 배웠다. 피부관리를 배우고, 모델 센터도 다녔다. 나레이트 모델로 활동하면서 돈이 생기면 분위기 좋은 곳에서 술을 마시곤 했다. 클럽에서 놀면서 오늘 인생이 끝날 것처럼 세월을 보냈다.

엄마가 미용을 해보라고 했다. 정말 싫었지만 언제나 엄마에게 반항 못하는 착한 딸이었기에 그대로 따랐다. 미용을 시작하고 정말 열심히 일했다.
하지만 힘들거나 어려운 일이 생기면 극복하려고 하지 않고 엄마를 원망하기 시작했다. 무엇이든지 다 엄마 때문인 것 같았다. 내 성격이 이렇게 소심하고 부정적인 것은, 심지어 대학에 가지 못한 것도 모두 엄마 탓인 것 같았다.

아들러는 여러 가지 구실을 만들어서 인생의 과제를 회

피 하려는 사태를 가리켜 '인생의 거짓말'이라고 했다

　　그때 한 남자를 만나 예비 시어머니가 너무 좋아 결혼을
결심했다. 내가 바라던 어머니상이었다.

　　아무런 준비도 없이 결혼하고 철없는 아내가 되었다. 24
살 어린 나이에 살림을 차렸고 4년 뒤 정말 아무런 준비도
없이 애기를 낳았다.

　　엄청 좋은 엄마가 되고 싶었다. 일하면서도 정말 육아를
잘하고 싶었다. 똑똑한 아이를 키운 멋지고 지혜로운 엄마,
언제나 자상하고 인자한 동화책에서나 있을 것 같은 그런
엄마가 되고 싶었다. 일을 마치면 한 걸음에 달려와 피곤해
서 책을 들고 곯아떨어질 때까지 아이에게 동화책을 읽어
주었다.

　　지금 생각하면 이건 독기였고 열등감을 채우기 위한 하
나의 몸부림이었다. 그렇게 열심히 했는데도 아이는 영재
도 천재도 아니어서 실망스러웠다. 그러다 보니 자꾸 잔소
리를 하고, 과외를 시키고, 열성 엄마가 되어 아이에게 좋
다는 것은 다 시켰다.

"엄마는 왜 자꾸 짜증이야?"

"당신 정말 장모님이랑 똑같다."

아이와 신랑의 말에는 엄청난 말로 대꾸하곤 했다. 그러다가 어느 날 정말 내가 들어도 듣기 싫어하는 폭언들을 내뱉는 내 모습을 보고 멍 해졌다. 너무 괴롭고 힘들었다.

미용은 잘 해서 계속 매출은 올랐지만 항상 불안했다. 언제나 무언가에 쫓기고 있는 듯했다.

'난 왜 이렇게 살아야 하지?'

자책할수록 괴로울 뿐이었다. 정말 싫었다. 이런 삶에서 빨리 벗어나고 싶었다.

그때 지인이 심리책을 읽어보라고 추천해 주었다. 마음의 안정을 찾기 위해 자기계발서도 읽기 시작하면서 아주 조금씩 변해 가기 시작했다.

아들러의 『미움 받을 용기』을 읽으면서 푹 빠져들었다. 책 속의 청년이 나인 것만 같았다. 내가 편하기 위해서 미워하고, 원망하기 시작했다는 것을, 나는 세상에 나올 용기가 없어서 과거의 상처 받은 나로 살고 싶어한다는 것을 알았다. 다른 사람을 탓해야 조금이라도 위안을 받는다는 착각에 살고 있었던 것이다.

정신이 번쩍 들었다. 제일 먼저 책부터 구입했다. 정말 닥치는 대로 읽기 시작했다. 이렇게 살기 싫어서, 변하고 싶어서, 책을 읽기 시작했다.

누가 인간은 안 바뀐다 했던가? 물론 그만큼 사람의 천성은 바뀌기 힘들다는 말일 것이다. 하지만 나는 독서를 하면 조금씩이라도 바뀐다고 자신 있게 말하고 싶다.

"사람은 바뀌지 않는다고요? 웬걸요! 저는 독서로 이렇게 바뀌었고, 지금도 서서히 바뀌고 있습니다."

독서모임에서 책을 읽으면서 나를 사랑하기 시작했고, 엄마를 이해하기 시작했고, 힘든 살림에 악착같이 열심히 살아주신 엄마에게 감사했다. 탓하던 마음이 감사의 마음으로 바뀌기 시작한 것이다.

이렇게 감사함을 만나면서 나는 도전하기 시작했다. 자신감도 생겼다. 독서모임에서 이야기도 할 수 있게 되었고, 혼자 교육도 받으러 가고, 낯선 곳도 찾아다닐 정도로 성격이 변했다.

책을 읽으면서 직원들이 힘들어 하면 상담도 해주고, 고객님들의 힘든 부분도 들어주면서 진심 어린 공감을 해주곤 했다. 그랬더니 눈물을 보이면서 더욱 관계를 돈독하게 하시는 분들이 많았다.

나는 많이 아파도 봤고, 힘들어도 보았다. 좌절도 하고, 자책도 하고, 원망도 많이 해봐서, 지금은 그 어떤 사람들과도 소통이 가능하다. 그래서 정말 행복하다.

독서모임과 아들러의 『미움 받을 용기』가 내게 안겨 준 큰 선물이다. 그래서 나를 아는 사람들을 만날 때면 언제나 이렇게 말하고 있다.

"사람은 얼마든지 변할 수 있습니다. 나를 보세요. 얼마든지 변할 수 있어요."

나는 지금 행복디자이너다.

고객님의 스타일뿐만 아니라 마음도 안아줄 수 있는 행복 디자이너!

독서는 우리 부부를 살렸다

강 지 원

'없는 사람' 취급하지 말고 '가까이 있는 사람'으로 대해 보세요. 아내에게, 남편에게, 자녀에게 '고맙다.' '사랑한다,' '네가 있어서 행복하다.'고 문자 메시지 하나 보내세요. 지금 당장!

　　　　　　- 이수경,『차라리 혼자 살걸 그랬어』 중에서

이지연 작가는 『꽃길보다 내 인생』에서 남편이 미워질 때 핸드폰에 저장해 둔 남편의 이름을 수시로 바꾸는 것으로 화풀이를 했다고 한다. 어느 날은 '나쁜 X', '그 X'이라고. 그런데 나쁜 감정이 없는데도 전화벨이 울리면서 '나쁜 X'이 뜨면 괜히 기분이 나쁘고 우울해졌다고 한다. 그래서 '내 사랑'으로 바꾸고 나니, 남편의 전화가 올 때마다 기분이 좋아지는 것을 느꼈단다.

'세상에 하나뿐인 내 사랑.'

책을 보고 핸드폰에 저장된 남편의 이름을 이렇게 바꿨다. 처음에는 익숙하지 않았다. 전화기 화면에 뜨는 수신자를 보면서 '누구지?' 하고 놀란 적도 있었다. 하지만 신기하게도 기분은 좋았다. 같은 목소리, 같은 사람인데도 어제와 다른 남편처럼 보였다.

독서모임의 리더인 남편은 이수경 작가의 『차라리 혼자 살걸 그랬어』를 읽고 실천사례로 '100가지 감사'와 '우리가 함께 즐겁게 보낸 사진'을 모아서 바인더를 주었다. 깜짝 이벤트에 눈물을 참느라 애썼다. 미안하고 감사했다.

나 역시 책을 보고 100가지 감사를 적어보려 했지만 쉬운
일이 아니었다. 남편처럼 조금만 더 신경을 썼더라면 같이
주고 받을 수 있었을 텐데 후회가 됐다.

> 개처럼 살자. Seize the Moment, Carpe diem(순간을 잡
> 아라. 현재를 즐겨라). 이 말은 '현재를 살아라. 순간의
> 쾌락을 즐겨라'가 아니라 순간에 최선을 다하라는 뜻이
> 다. 개는 밥을 주면 이 세상에서 처음 먹는 것처럼 먹
> 고, 그냥 잔다. 잠 잘 때 '아, 아까 우리 주인이 왔을 때
> 꼬리쳤던 게 좀 아쉬운데 어쩌지?' 이런 고민이 전혀
> 없다.
>
> — 박웅현, 『'여덟 단어』에서

순간에 최선을 다 한다는 말은 알지만 실천하기란 어렵
다. 하지만 '지금 이 순간'은 다음에 오지 않을 시간이다. 후
회한다고 해서 다시 되돌릴 수도 없다. 그런 점에서 개처럼
현실에 충실하게 사는 삶은 정말 배울 점이 많다.

남편에게 100가지 감사를 적지 않은 것은 이미 지나간 일이었다. 후회한다고 해도 되돌릴 수가 없다. 그래서 더 이상 후회하지 않기로 했다. 대신 현실에 충실하기 위해 가족 단톡방에 사랑의 문자를 보냈다.

"사랑해. 가족이 있어 행복해!'

역시 사랑한다는 말은 받는 사람도 좋겠지만, 하는 사람이 먼저 더 행복하다.

"독서가 사람을 살린다."

독서가 우리 부부를 살렸다. 독서하기 전에는 한 집에서 살면서도 말을 하지 않았다. 남편이 하는 말은 귀에 들어오지도 않았다. 나도 내가 하고 싶은 말만 했고, 내가 듣고 싶은 말만 들었다. 함께 지내는 것이 불편할 정도였다. 애들만 보고 살았다.

나의 삶을 변화해 보고 싶었다. 처음에 같이 공부하기로 했을 때는 모든 것이 어색하기만 했다. 조금씩 익숙해지면서 남편의 잘못이 아닌 나의 잘못이 보이기 시작했다.

'우리가 서로 눈을 보며 얘기해 본 적이 있었던가?'

기억조차 까마득하다. 독서모임을 함께 하면서 조금씩 변화하기 시작하였다.

지금은 함께 하지 않는 것이 더 불편하다.

"이 부부는 천연기념물이야. 한번 분석해 봐야 해."

모임이 있어 남편과 함께 가면 이런 말을 자주 듣는다. 예전에 이혼만 하지 않고 남처럼 살았을 때도 다른 사람들은 우리 부부 사이가 좋은 줄 알았다. 같은 직장이다 보니 어쩔 수 없이 포장을 하고 다녔기 때문이다. 무늬만 잉꼬부부에서 보이는 모습 그대로 함께 할 수 있어서 좋다. 주말부부라 떨어져 있지만 외롭지 않다. 늘 친구 같은 남편과 서로 소통하고 대화를 할 수 있어 좋다. 책이 있고 언제나 콜 하면 통하는 남편이 있어서 좋다.

　　연애 = 상대가 내 뜻대로 해 주는 것
　　결혼 = 내가 상대의 뜻대로 해 주는 것
　　　　　- 이수경, 『차라리 혼자 살걸 그랬어』에서

　그렇다. 결혼은 내가 상대의 뜻대로 해 주는 것이다. 독
서를 하기 전에는 이런 것을 생각해 본 적도 없으니　결혼
생활을 슬기롭게 풀어갈 수가 없었다.

　이제야 보인다. 독서모임이 없었다면 얻지 못할 행복이
다. 독서는 확실히 우리 부부를 살렸다.
　이제는 무엇이든지 남편과 함께 한다.

부부는 일심동체 아니야

김민정

내 주례사의 골자는 딱 세 가지야. 첫째는 출발의 의미
야. 둘째는 결혼한 신부는 파란총채를 들고 매일같이
밤에 내리는 먼지를 털어내는 사람이 되는 거야. 결혼
생활은 먼지와의 싸움인 거지. 셋째는 부부는 일심동
체가 아니라는 것이야.

　　　　　- 이어령, 『딸에게 보내는 굿나잇 키스』150~154쪽.

　학창시절에 『이어령 수필집』을 읽었던 기억이 난다. 그
때 잔잔하게, 지적인 욕구를 충족시켰던 기억이 새롭다. 독

서모임에서 『딸에게 보내는 굿나잇 키스』에서 또 이어령 작가를 만났다. 소중한 딸이 갑작스레 결혼하고, 타지에서 이혼하고, 질병으로 먼저 세상을 떠나게 된 과정을 책에서 담담히 풀어내고 있었다. 책을 읽는 내내 '참 마음이 아프셨겠다'는 생각에 먹먹함이 느껴졌다.

미혼인 나는 20대 때부터 결혼식을 가면 주례사를 유심히 들었다. 친구, 직장 선배, 아는 동생의 결혼식 등에서 참 많은 주례사를 들었다. 크리스천이기에 목사님의 주례사가 많았다. 유머러스하게 분위기를 이끄는 목사님의 주례사를 들을 때는 '아, 나도 저런 분이 주례사를 해주시면 좋겠다'라는 생각에 빠졌다. 그런데 이 책에서 아버지가 딸에게 말해주는 주례사가 애틋하다.

"부부는 일심동체가 아니다."

맞는 말이다. 서로 20년 이상 다르게 살아 온 두 사람이 어찌 일심동체가 될 수 있을까. 좋은 부부라면 일심동체를

바랄 것이 아니라 서로의 인격과 생활방식, 습관을 존중해
줘야 한다.

그런데 현실은 어떤가? 결혼을 하면 서로 상대가 내 뜻
대로 해주길 바란다. 내가 상대에게 맞추는 일심동체가 아
니라, 상대를 내게 맞추는 일심동체를 바라고 있다. 하지만
이게 현실적으로 가능한 일인가? 괜히 부부는 일심동체라
는 말에 속아 어떻게든지 상대를 나에게 맞추려다가 부부
싸움을 하게 되는 것이 아닌가?

"결혼은 어떤 사람과 해야 한다고 생각하니?"
독서모임의 언니가 물어왔다.
"소울메이트 같은 사람이요. 말이 통해야 하고, 같이 시
간을 보낼 수 있는 사람이요."
나의 대답에 언니도 동감을 했다.

"남편은 남의 편이다. 마음대로 잘 안 되더라."
결혼한 주위 사람들이 흔히 이런 말을 하는 것을 듣는데,
20년 넘게 결혼생활을 한 언니는 아직도 남편과의 생활의

활력이 넘친다고 했다. 비결을 물었다.

"놓아주는 척하면서, 불안하게 만드는 밀당?"

많은 이들이 결혼하여 살다 보면 연인이 아닌 가족이 되어간다는 말을 한다. 그러다 보니 연애감정이 없어지고, 그저 부부라는 카테고리 안에서 심하면 형제처럼 산다는 사람들도 많다. 어찌 보면 한 핏줄처럼 편하게 산다는 말이지만, 피가 섞이지 않은 부부가 어찌 한 핏줄이 되겠는가? 그러다 보니 이혼도 늘어나는 것이리라.

그러니 남편이지만 일심동체라고 생각하지 않고 연애감정을 느끼도록 적당한 밀당을 하는 것은 얼마나 지혜로운 일인가?

나는 나의 행복을 찾아 계획을 세우며 살고 싶다. 그 과정에서 이어령 교수의 『딸에게 보내는 굿나잇 키스』를 통해 행복한 결혼생활을 하려면 어떻게 해야 하는지도 배워 익혀가고 있으니 언젠가 좋은 날이 반드시 올 것이라 믿는다.

독서모임에서 좋은 책도 읽고, 좋은 사람들을 만나 대화를 하게 되면서 좀 더 성숙해지고 있다. 기분 좋은 변화다. 직장과 집, 친구들 외에는 별다른 사회활동이 없었던 나로서는 좀 더 세상과 소통할 수 있는 기회가 되어서 참 좋다. 이곳에는 다들 격려하고, 도와주는 분위기, 건설적이고 긍정적인 생각과 말이 넘쳐나서 더욱 좋다.

주위에 어떤 사람을 가까이 두느냐에 따라 그 사람의 삶은 달라질 수밖에 없다. 그런 면에서 나는 지금 좋은 길로 들어서고 있다.

그래서 나는 오늘도 희망을 가지고, 나 스스로에게 외친다.

"민정아, 너는 소중한 존재야. 고생했어. 앞으로는 꽃길만 걷자."

오 경 희 •────────────────────

사랑은 노력과 훈련을 필요로 한다. -중략- 이것은 사랑
에 빠진 황홀감을 필요로 하지 않는다. 사실 진정한 사
랑은 사랑에 빠진 감정을 벗어나야 비로소 시작된다.
　　　　- 게리 채프먼,『5가지 사랑의 언어』41~42쪽.

　남편과의 만남은 운명적이라고 생각했다. 첫아이를 출산
하기 전까지.
　대만에서 남편을 만났다. 서울에서 직장생활을 하고 있
을 때 수출관련 일로 대만에 혼자 출장을 가게 되었다. 나

와 여러 다른 회사의 직원들로 구성된 일행은 타이베이에 도착해서 깜짝 놀랐다. 바로 전 날에 70년 만에 큰 태풍이 대만을 강타하여 수출상담회에 오기로 한 대만 업체가 줄줄이 불참하는 사태가 생긴 것이다. 수출상담회는 예정대로 진행되었지만 한산했다.

그때 남편을 만났다. 대만 KOTRA(한국무역사무소)에 파견된 해외시장개척단 요원이었다. 상담에 필요한 업무를 지원하고 있던 훈남의 서글서글한 눈빛과 웃는 모습이 내 시선을 사로잡았다. 저녁 뒤풀이에서 대학 때까지 살았던 우리 집 옆 동네 사람이라는 것을 알았다. 그래서인지 그가 더 친근하게 느껴졌다.

다음 날 오전에 상담하기로 한 업체가 오후에 올 수 있다고 연락이 왔다. 우리 일행은 그날 오후 비행기로 한국에 돌아오기로 되어 있었다. 한 곳이라도 수출업체를 더 잡고 싶다는 생각에 팀장님께 전화를 걸어 다음날 비행기로 돌아가겠다는 허락을 받았다.

상담을 끝내고 저녁에 그가 야시장을 구경시켜주겠다며 다른 직원들 몇 명과 KOTRA사무소를 나섰다. 야시장에서

함께 저녁을 먹으며, 상대방을 챙겨주는 모습이 인상적이
었다.

다음날 오후 비행기로 떠날 예정이라는 것을 알고, 그는
오전에 대만국립박물관을 구경시켜주겠다고 했다. 동네 오
빠 같은 느낌에 흔쾌히 승낙했다. 박물관을 함께 돌아보고,
근처 대학가에서 밥을 먹었다.

음식사진을 찍으려고 할 때, 그가 들고 있던 내 카메라를
택시에 두고 내린 것을 알게 되었다. 외국으로 출장 간다고
사촌언니에게 빌린 비싼 일제 카메라였다. 카메라 분실 사
실을 알고 나니 눈앞이 노랬다. 밥도 먹는 둥 마는 둥 짐을
찾기 위해 호텔로 돌아왔다.

그는 보상해 주겠다며 연락하라고 했다. 그냥 인사치례
로 받아들이며, 무표정하게 그러겠노라 했다. 그렇게 우리
는 호텔로비에서 작별의 인사를 나누었다.

공항으로 가는 리무진 버스 시간이 좀 남았다. 당시 나는
과자회사에서 일하고 있어서 근처 편의점에서 대만의 과자
들을 샘플로 구입하고 로비로 돌아왔다. 짐을 주섬주섬 챙
기고 있을 때 갑자기 로비 정문에 한 남자가 헐레벌떡 뛰어

들어왔다. 그였다. 카메라를 잃어버려 너무 미안해서 다시 왔다며 공항까지 바래다주겠다고 했다. 그가 싫지 않았기에 그러라고 했다. 공항으로 가는 리무진 안에서 우리는 서로에 대해서 많이 알게 되었다.

그렇게 나는 서울로 돌아왔다. 집에 도착했을 때, 왠지 그에게 잘 도착했다는 말을 전해야 할 것 같았다. 그에게 국제전화를 했고, 그는 생각지도 않았던 나의 전화에 깜짝 놀랐다. 그렇게 우리의 운명 같은 사랑은 시작되었다.

결혼했을 당시 나는 서울에서 하던 일을 그만 두고, 남편이 있는 부산으로 내려왔다. 항상 직장에서 여전사처럼 일하던 나는 운명적인 사랑에 진짜 현모양처가 되어갔다.

신혼초기에 못하던 요리를 연구해서 하루 세끼, 손수 밥을 차려주었다. 남편은 점심 때 집으로 와서 밥을 먹고 가는 날이 많았다. 알콩달콩 달콤한 우리의 사랑이 영원히 오래 지속될 것이라고 믿어 의심치 않았다.

프리랜서로 강의를 시작하면서 문제가 생기기 시작했다. 사무실에서 늦게까지 일하고 있는 나에게 남편은 밥을 챙겨줘야 한다며 불만을 터트렸다. 하지만 나는 더 이상의 현모양처가 아니었다. 다시 여전사로 변하고 있었다. 대화를 통해서 서로의 밥은 각자 해결하기로 결론지었지만, 영원한 사랑에 대한 믿음에 작은 틈이 벌어지기 시작했다.

결혼 3년 만에 아이를 출산하고, 부부 갈등은 심해졌다. 직장일, 모유수유, 아기돌보기, 집안일을 하는 것이 힘들었다.

'아기는 나 혼자 낳았나? 왜 모든 일을 홀로 해야 하나? 나도 숙면을 취하고 싶다.'

남편은 다른 집 남편들에 비해서는 내 상황을 이해해주고 잘 도와주었지만, 내가 원하는 수준에는 훨씬 못 미쳤다.

정신적, 육체적으로 힘든 시기에 우연히 어떤 여성작가의 에세이를 읽었다. 제목과 작가가 정확히 기억은 나지 않지만, 그 책을 통해서 내가 여자로서 살아가는 방법을 수정하는 계기가 되었다.

그 작가는 무능하고 바르지 못한 남편 사이에 아이 셋을 낳고 살고 있었다. 자신이 겪은 몸 고생 마음고생을 통해, 깨달은 것이 많은 듯했다. 그래서 자신과 비슷한 처지에 있는 여성들에게 조심스럽게 조언했다. 자신이 선택한 인생이라면 좀 내려놓고 살아야 마음이 편해진다고.

나는 그 작가의 조언을 받아들이기로 했다. 가족들을 바꾸려 하지 않았다. '내가 좀 더 고생하면 되지, 엄마니까, 아내니까, 자식이니까 좀 더 하면 어때?'라고 생각하니 오히려 맘이 편해졌다.

둘째가 태어났다. 남편은 일을 핑계로 매일 늦게 들어왔다. 그러면서 주말에는 골프니, 사회생활이니 하면서 밖으로 돌았다. 둘째는 많이 울고 보채서 퇴근을 하고 집에 오면 안고 달래느라 자정이 될 때까지 아무 일도 못할 때가 많았다.

그 날도 남편은 여느 때와 같이 술을 먹고 늦게 들어왔다. 일찍 들어올 수 없냐고 물었더니, 자신의 일은 그렇게 되는 일이 아니란다.

"세상의 일은 혼자 다 하냐? 나도 내 일이 있는데 나는 어떡하라고?"

내가 던진 한 마디에 남편은 화가 났는지, 아파트 베란다에 가서 빨래 건조대를 바닥에 패대기쳤다.

"쨍그랑 쨍 쨍, 쨍~쨍……."

밤 12시가 넘은 시간, 너무나 큰 소리에, 자다가 깬 아파트 주민들이 하나 둘 불을 켜기 시작했다. 이후 민망해서 얼굴을 들고 다닐 수가 없었다.

우리 부부의 대화는 이것으로 끝이었다. 나는 더 이상 요구도 대화도 시도하지 않았다. 단지 운명적인 사랑에 종지부를 찍을 수 있는 절차와 양육권에 대해서 알아보았다.

그런데 어느 날부터 남편이 달라졌다. 절친의 아내가 암으로 투병생활 몇 개월 만에 갑작스레 세상을 떠났다. 그 상황을 지켜보면서 뭔가 느낀 게 있다며 예전보다 가정에 충실하려는 모습을 보여주었다.

내가 자신에게 정말 소중한 존재라는 것을 이제야 깨닫는다며, 건강하게 다정하게 살자고 했다.

그즈음에 내가 법적인 일에 연루되는 일이 생겼다. 정신적 고통으로 힘들어 하는 나를 위해 남편은 자신의 일처럼 처리해 주었다. 남편이 있었기에 그 어둡고 무서운 터널 같은 시간을 무사히 지나올 수 있었다.

그동안 남편도 법적인 일에 연루되었는데, 나에게 알리지 않고 혼자 처리하다 보니, 스트레스가 쌓였고, 가정일에 소홀히 할 수밖에 없었다는 사실을 알게 되었다. 너무 고마웠고, 남편의 어려움을 함께 나누지 못한 채 잔소리만 늘어놓았던 나 자신이 부끄러웠다.

우리의 발전적인 부부관계에 대해서 고민할 무렵, 독서모임에서 선정한 게리 채프먼의 책, 『5가지 사랑의 언어』를 읽었다.

지금까지 남편에게 나만의 언어로 내가 원하는 것을 설명하고 설득해왔다는 것을 알았다. 남편은 전혀 알아듣지도 이해하지도 못하는 말만 되풀이하고 있었던 것이다. 남편의 언어가 무엇인지 파악하려고 노력했다. 남편과 대화를 통해서 서로의 언어를 인지하고, 상대방을 위한 언어를 사용하기 위해 노력하자고 제안했다.

책을 꼼꼼하게 읽고 서로의 언어를 알게 되었다. 남편의 언어는 '인정하는 말', 그래서 나는 남편의 언어를 말하기 시작했다.

"당신은 이런 건 참 잘 한단 말이야, 어떻게 그런 멋진 생각을 할 수 있지?, 진짜 멋지다. 역시 우리 남편이네"

남편은 나의 언어가 '봉사'라는 것을 알고. 여러 가지 봉사로 사랑을 표현하기 시작했다. 퇴근하여 집에 들어오면 내가 저녁식사 준비를 하고, 그는 청소기로 온 집안을 깨끗하게 청소한다. 식사 후에는 설거지를 하며, 내가 운동하러 나갈 수 있도록 배려해 준다.

서로의 언어를 인정하고 사용함으로써 우리는 서로에게 크나큰 사랑을 주고받고 있음을 느낀다. 비가 온 뒤에 땅이 더 단단해 진다고 했던가. 우리 부부는 어려운 일을 겪으면서 서로의 마음을 알게 되었고, 『5가지 사랑의 언어』를 통해서 더 소통하고 교감하는 부부로 성장할 수 있었다.

격주마다 참여하는 독서모임의 책이 나 자신뿐 아니라, 우리 부부를 달라지게 할 것이라고는 생각하지 못했다. 『5가지 사랑의 언어』를 몰랐다면 누리지 못했을 행복이다.

내 주위에 부부관계가 소원한 커플들이 많다. 그동안 살아온 환경이 다르고, 생각이 다르기에 마찰은 당연하다. 나도 그랬으니까.

관계가 나빠진 상태에서는 어떤 말을 해도 받아들여지지 않는다. 어느 한쪽도 관계개선의 의지가 없기 때문이다.

> 캐롤린과 나(저자 부부)는 모두 마음을 열고 배우고 성
> 장하려고 했었다.
>
> - 게리 채프먼, 『5가지 사랑의 언어』. 184쪽.

불화의 관계를 객관적으로 받아들이는 열린 마음과 관계를 개선하려는 열의, 서로의 언어를 알고 존중해 준다면 얼마든지 행복한 부부관계로 거듭날 수 있다. 바로 우리 부부가 달라진 것처럼 말이다.

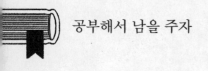 공부해서 남을 주자

5부

정 인 구 •————————————

공부해서 남을 주자

줄무늬애벌레들이 꼭대기에 뭐가 있는지도 모르고 먼저 꼭대기에 올라가려고 서로를 짓밟고 헐뜯으며 경쟁하다 보니 거대한 애벌레 기둥이 만들어졌다. 줄무늬애벌레는 경쟁자의 틈에 끼어 죽을 힘을 다해 꼭대기에 올라갔다. 그런데 꼭대기에서 보니 수많은 애벌레 기둥이 곳곳에 보였고, 정상에는 아무것도 없었다. 줄무늬애벌레는 다른 애벌레들에게 관심도 없이 오로지 자신만을 위해 살아왔던 지난 날을 후회하며 다른 삶을 살기로 마음 먹는다.

- 트리나 폴러스, 『꽃들에게 희망을』에서

그동안 승진을 위해 사소한 것에 경쟁하며 정작 중요한 주변을 둘러보지 못했던 나를 돌아보니 마음이 씁쓸하다. 비록 시골 우체국장이지만 '장'이라는 자리에 올라보니, 내가 줄무늬애벌레처럼 살아온 것은 아닌가 싶어 허전함이 남는다.

'바라는 것'이 아닌 '바람직한' 것을 위해,
'하고 싶은 것' 대신 '해야 하는 일'을,
'좋아하는 일'이 아닌 '좋은 일'에,
힘쓰며 살아온 지난 시절이 아련하다.

'왜 그렇게 살아야 했을까?'
우리는 누가 시킨 것도 아닌데 이처럼 남들 눈치를 보며 살고 있다.
그러다 보니 가족을 위해 일을 한다면서 정작 가족을 잊고 산다. 자식이 아버지의 존재를 어떻게 인식하는지도 모르고, 아내가 무엇을 원하는지도 모르고 살아간다.

독서를 하면서 나의 삶을 뒤돌아보는 계기가 되었다. 책

이 내면을 씻어주고, 깨닫게 해주고, 삶을 재부팅 해주고
있다.

진작 책을 읽었더라면 얼마나 좋았을까?

지난 날은 후회해도 소용이 없다는 것을 안다. 그래서 1년
6개월 자기계발을 위해 의령→부산→서울→부산→의령을
수차례 다녔다. 인생 2막 준비를 위한 열정이 되살아났다.

돈도 많이 들었다.

아깝지 않고 지치지도 않았다.

나는 누구인가?

무엇을 위해 살아야 하나?

정체성을 찾고 싶었다. 이제는 사회가 만들어 놓은 '우리'
라는 틀이 아니라 '나'로 살아가고 싶었다.

나를 찾고, 나를 사랑하며, 경쟁이 아닌 디딤돌이 되고,
진정한 리더의 삶을 살고 싶었다. 리더는 나의 성장뿐만 아
니라 함께 하는 사람들이 성장할 수 있도록 돕는 것이다.

환경이 사람을 지배한다. 독서모임에 참가하면 억지로라

도 책을 읽게 된다. 굳이 책을 다 읽을 필요도 없다. 읽고 싶은 부분만 읽고 오면 된다. 토론 내용을 듣는 것만으로도 책 1권의 흐름을 알 수 있다.

평생 책 10권도 안 읽었던 내가 독서리더 과정을 하게 되고 사무실 귀퉁이에서 몇몇이 모여 독서모임을 개설했다. 회원들이 성장하고 변화하는 모습을 보면서, 직장에서도 접목하고 싶었다.

'우체국에서도 독서모임을 하자.'

다행히 많은 직원들이 호응을 해주었다. 의령우체국에서도 1년 7개월 넘게 '지혜 나비'를 운영하고 있다.

직원들이 독서로 성장하고 행복해 하는 모습을 보니 나역시 행복했다. 필독서 12권을 선정하여 전 직원이 책을 읽을 수 있도록 돕고 있다.

경험이 없다 보니 쉬운 일이 아니어서 독서모임을 포기하고 싶은 마음도 있었다. 하지만 한 사람이라도 나와 같은 헛된 삶의 전철을 밟지 않기를 바라는 마음에 나를 더욱 채찍질 했다.

'가르치는 사람이 더 많이 배운다.'

이 말을 확인하듯 대한민국 평균 독서량 0.8권에도 미치지 못했던 내가 독서모임 2곳을 운영하면서 지금은 1년에 50권 이상은 읽고 있다. 2년 가까이 독서모임에서 '원포인트 레슨'을 준비하면서 독서법에 대해 나름대로 노하우도 생겼다. 책을 보면 볼수록 읽을 것이 많고, 부족함이 많다는 것을 느끼지만 이제는 책 읽기가 예전처럼 어렵지 않다.

독서모임 있는 날은 새벽 4시에 일어나도 시간이 부족하다. 독서모임 진행 자료를 챙기다 보면 시간이 언제 가는지 모르게 지나간다. 집에서 출발하면서 항상 기도한다.

"주님, 독서회원님들의 오는 발걸음을 인도하여 주시어 무사히 도착할 수 있게 도와주세요. 독서모임 하는 동안 모든 분들이 서로의 나눔을 통해 지혜와 통찰력이 넓어지고 일터와 가정에서 열매 맺는 선배님들이 되게 도와주세요."

기도를 하면 마음이 편하다. 하나님이 뭐든지 다 들어주실 것만 같다.

독서토론 하는 선배님들 얼굴을 보면 코끝이 찡할 때가

있다. 그 동안의 피로가 씻겨가는 듯하다. 책을 만나지 않았다면 나는 지금도 "바쁘다"를 외치며 스트레스 받고 술독에 빠진 삶을 살아가고 있을 것이다.

20대 선배들이 독서모임에 참여하는 것을 보면 고맙고 대견하다. 그들을 보며 젊은 시절 나를 보곤 한다.

독서모임 초기부터 함께 한 전세병 선배님을 만날 때마다 안아 주고 있다. 엄마와 아들이 이른 아침에 일어나 함께 독서토론을 하는 모습에서 천국이 연상된다.

세상을 바꾸는 시간 15분, 일명 세바시! 우리는 이를 모방해서 '10분 세바시' 코너를 만들었다. 누구나 자신의 얘기를 하고 싶어 하는 심리를 펼칠 수 있도록 기회를 제공해주고, 가급적 많은 사람이 무대에 서는 경험을 하면서 자신감도 갖도록 하기 위함이다.

부산큰솔나비는 작은 소모임으로 재능기부 강의도 한다. '스마트한 큰솔나비 리더되기'라는 제목으로 '자신 있는 PPT/유튜브'와 '씽크와이즈' 기초강의를 했다.

강의를 하려니 제일 큰 문제가 장소였다. 좋은 곳으로 하려니 예산이 문제였는데, 독서모임 선배님들이 대관해 주겠다고 했다. 뜻이 있는 곳에는 길이 있기 마련이다.

"공부해서 남을 주자!"

독서포럼나비의 구호다. 조금이라도 더 나눠주려면 많은 자료를 수집해야 한다. 그렇게 교육안 작성에 매달리다 보니 내 실력도 많이 늘었다. 독서모임에서 재능기부는 앞으로 더욱 지속적으로 추진할 계획이다.

꼭대기에 무엇이 있는지도 모르고 서로를 짓밟으며 먼저 오르려고 애쓰는 줄무늬애벌레의 삶이 아니라 더불어 사는, 즉 공부해서 남을 주는 아름다운 삶을 살 때 더 큰 성장이 있고 진정한 행복이 있다는 것을 알았기 때문이다.

"우리가 하던 일의 열매는 다른 사람의 나무에서 열린다."

- 독서포럼 나비 회장 강규형

책은 읽는 것만큼 실천이 중요하다

'독서모임에 어울리는 책이구나!'

독서모임에서 설흔의 『퇴계에게 공부법을 배우다』을 만났을 때, 공부법이라는 제목만 보고 이렇게 생각했다. '무엇을 탐구하거나 배울 때 이렇게 공부하면 된다'는 식으로 공부법을 설명하는 책으로 생각했기 때문이다. 공부법에 대한 자기계발서는 손에 잡기도 싫어서 이 책도 처음에는 그랬다.

하지만 어쩔 것인가? 모임에서 권하는 책이니. 가벼운,

아니 귀찮은 마음으로 책을 펼쳐 읽기 시작했다. 금방 내 생각이 틀렸다는 것을 알았다. 이 책은 삶에 적용해야 하는 실용공부법을 담고 있었다.

살아오면서 삶에 대한 성찰의 필요성은 자주 느낀다. 늘 생각만 하고, 행동은 하지 않았는데, 이 책을 보면서 깜짝 선물을 받았다는 생각이 들었다.

무조건 남의 뒤꽁무니를 따라 하는 공부는 소용이 없다. 나는 왜 이 책을 들고 오랜 시간을 견뎌야 하는가.

그동안 학교에서 했던 내 행동을 돌아보았다. 항상 "해라!" 하는 것을 하고, '왜 해야 하는가?'는 생각하지 않았다.

내 공부를 억지로 했다는 것이 정확한 표현이다.

"살아있음을 느낀다."

이렇게 말하는 사람들의 느낌을 나는 받은 적이 없다. 모든 것을 수동적으로 해왔기 때문이다.

이것은 공부만이 아니다. 그동안 나는 무슨 일을 하든 '왜 해야 하는가?'에 대한 생각도 없이 누군가에게 끌려가듯이 그냥 해왔던 것이다.

그런데 이 책을 만난 뒤로 그동안 완벽에 가까울 정도로 수동적으로 행동한 내가 내 안에서 나를 보고 있다. 이후로 나는 공부나 청소 등을 할 때 수동적으로 하지 않기 위해 힘쓴다. 의견을 말하거나, 왜 해야 하는지, 의구심이 들면 표출하려고 노력하고 있다.

이 책에는 이런 이야기가 있다.

아침마다 일어나서 거울을 닦는 것이 과제인 사람이 있었다. 그는 열심히 닦고 닦아서 거울이 반짝반짝할 정도로 깨끗하게 만들었다. 그런데 이미 깨끗하게 만든 뒤로도 그는 같은 시간에 계속 거울을 닦았다. "왜 계속 똑같이 닦느냐?"고 물어보니, 이런 훈련은 아무리 닦고 닦아도 끝이 없다고 하면서 자기는 "거울을 닦는 것이 아니라 자신을 닦는 훈련을 하는 것"이라고 했다.

- 설흔,『퇴계에게 공부법을 배우다.』에서

우리는 보통 시험을 잘 보기 위해 공부한다. 그리고 시험이 끝나면 공부도 소홀히 하는 경우가 있다. 운동도 마찬가지다. 어느 정도 수준에 이르면 '이 정도면 됐지' 하고 그만할 때가 많다.

그런데 책을 읽으면서 이 부분을 봤을 때 깜깜한 거실에 들어 올 때 자동센서 불이 켜지듯 머리에 환한 불빛이 들어오는 느낌이었다.

'이 정도면 됐지?'

진정 배우는 자세로 무언가를 시도했다면 이렇게 본인이 판단해서 끝내는 것은 좋지 않다는 것을 알았다. 공부 자체를 즐거움을 얻는 과정으로 받아들여 끝까지 성실하고, 꾸준히, 지속적으로, 한결같은 마음으로 배워가야 한다는 것도 가슴에 새길 수 있었다.

"공부를 하고도 사람을 사랑할 줄 모른다면 제대로 배운 것이 아니다."

정말 가슴을 파고드는 이야기다. 무언가를 배울 때 지식과 기술만을 습득하려고 한 적이 많았다. 나는 그동안 무엇을 배워서 다른 사람들에게 어떻게 베풀 것인지 생각해 본 적이 없었다.

공부는 목적이 지식습득에만 머물러서는 부족하다. 진정한 공부는 배워서 남에게 나누어 주는 사랑을 가슴에 품는 것이다.

'어떤 모습으로 변화 성장하여 타인에게 나누어 줄 수 있을까?

부산큰솔나비에 온 뒤부터 항상 염두에 두는 생각이다. 독서로 작은 변화를 경험한 지금, 앞으로도 더 큰 성장과 변화가 있을 나에게 스스로 응원한다.

"진정으로 안다는 것은 문장의 의미를 아는 것을 넘어서 내 일상 자체가 배운 대로 행해질 때 가능한 것이다."

책을 읽고 좋은 구절이나 중요한 내용, 실천 가능한 것에 밑줄을 긋는다. 적용 가능한 것은 한 가지씩 실천해 본다. 그렇게 책을 읽고 삶에 적용함으로써 변화하는 내 모습을 발견한다. 스스로 책 읽는 나를 지켜보는 것에서 또 다른 즐거움을 느끼고 있는 날들이다.

진정으로 책은 읽는 것으로 그치는 것이 아니라 생활에 적용하고 실천해야 한다.

독서모임으로
변화되고 있는 나

"취미가 뭐예요?"

"독서요."

학창시절 흔히 있었던 대화다. 실제로 나는 도서관을 종종 드나들고, 집 주위 서점도 즐겨 찾으며 책을 많이 읽었다.

최근에는 자기계발을 잘 하는 후배의 독서목록을 접하고, 쉬엄쉬엄 그 책들을 읽어가면서 뒤늦게 직장생활의 지혜를 익힐 수 있었다.

그러던 중에 직장 동문회에서 선배님의 적극 권유로 부산큰솔나비라는 독서모임을 알게 되었다. 하지만 직장인으로서 토요일 아침 7시라는 시간이 마음에 걸려 많이 망설였다. 그러다 2019년 새해 목표로 혼자 읽는 것보다는 함께하는 것이 좋겠다는 생각으로 '독서모임을 다녀보는 것'으로 정했다.

처음 참석하고는 얼떨떨했다. 큰 원형대형으로 둘러싸서 마주보고 앉으니 어색해서 떨리기도 했다. 말주변이 없는 편이라 '감사할 것 나누는 시간'에 너무 단편적으로 얘기한 것이 마음에 걸리기도 했다. 다행인 것은 근무가 겹치지 않아 지속적으로 참여할 수 있었다는 것이다.

독서모임의 진행방식은 토론으로, 감사했던 일을 나누며 좀 더 친해지면서 위로가 되는 것 같았다. 서로 편하게 이야기를 하다 보면, 지루할 틈이 없이 2시간이 훌쩍 지나갔다.

각자가 책을 읽고는 독서모임에서 생각들을 나누게 되니, 정말 귀한 나눔의 자리가 되고 있다. 또한 다들 어찌나 겸손한지, 같이 있다 보면 하나도 어색하지 않고, 훈훈한 기운이 가득해서 좋다.

이후 커피타임에서는 신입회원과 인사를 나누기도 하고, 독서모임에서 못다한 얘기들을 스스럼없이 나눌 수 있어 좋았다. 그 시간에 독서나 IT에 관한 듣지 못한 새로운 것을 접하게 될 때면, '아 저런 것도 있구나!'라는 감탄이 절로 나왔다. 독서모임을 시작한 뒤 나에게 일어난 변화는 다음과 같다.

　첫째, 독서의 생활화가 이뤄졌다. 불과 5개월 전의 나는 주말에 겨우 시간을 내어서, 카페를 찾아 독서를 했다. 지금은 〈밀리의 서재〉라는 전자책 앱으로 시간이 날 때마다 책을 읽는 습관이 들었다. 하루라는 시간을 좀 더 알차게 보낼 수 있게 된 것이다. 정말로 놀라운 일이다.

　둘째, 독서 후 내 생활에 적용하는 것이 습관화 되었다. 이전에는 독서교육을 따로 받은 적이 없었으며 주로 자기계발서를 읽었다. 이전에 혼자 읽는 독서는 그저 한번 쭉 읽고 좋은 문장을 리마인드 하거나, 따로 메모를 해서 되뇌곤 했다. 그냥 새로운 지식을 아는 것으로 그쳤다.

　독서모임에서는 '본깨적'이라는 생소한 말을 배웠다. 책에서 '본 것, 깨달은 것, 적용할 것'을 점검하며 읽는 독서법의 준말이었다. 독서 후 '본깨적'을 서로 나누다 보면, 삶의 지혜를 얻게 된다.

"읽은 내용을 실행해야 참독서다."

독서모임에서 배운 말이다. 물론 실행하는 것은 쉽지가 않다. 오랜 습관이라 잘 안 바뀌어지지만 훈련이 되면 변화가 있을 것이라 믿는다. 이제는 책을 읽으면서 '내게 적용할 점은 무엇일까?'를 생각하니 산 독서를 하는 것 같다.

"책을 읽으면서 스스로에게 질문을 해보라."

독서지도 선생님의 조언도 접하면서 새로운 접근의 독서를 만났다. 혼자서는 절대 알 수 없었으리라. 이제 조금씩 실천하는 것이 내게 주어진 큰 과제이다.

셋째, 독서로 나의 생각이 바뀌고, 행동변화가 일어나고 있다. 2주에 한번 독서모임이 있기에 지정도서를 완독하기 위해서라도 TV시청보다는 한 장이라도 더 읽는 습관을 갖게 되었다. 예전에는 유행하는 드라마를 보지 않으면 대화에 낄 수 없어 더 챙겨보곤 했는데, 지금은 소중한 것은 '나'라는 것을 알기에 킬링타임용 드라마 시청에는 흥미를 덜 가지게 되었다.

넷째, 그룹 활동의 유용성을 익혀 배우고 있다. 김미경 강사님의 유튜브를 통해 배운 말 중에 직장생활과 가장 연계되는 말이 있다.

"사람은 그룹 활동을 통해 일머리가 키워진다."

그렇다. 독서모임은 직장생활에서 필요한 그룹 활동의 일머리를 키워주고 있었다. 독서모임을 좀 더 일찍 알고 참여했다면, 직장생활에서 그만큼 시행착오도 줄일 수 있지 않았을까 하는 많은 생각이 든다.

그러나 어쩔 것인가? 지금도 늦지 않았다는 생각으로, 더 늦기 전에 더 열심히 하자는 각오로, 더욱 열심히 독서모임에 참여하고 있다.

정인구 •————————————

술꾼에서 꿈꾼으로

330잔의 커피, 120병의 맥주, 90병의 소주, 그리고 0권의 책. 당신은 이런 나라에 미래가 있다고 생각하는가?

           - 이지성, 『생각하는 인문학』 25쪽.

38년 동안 술을 마셨다. 회식자리 1차에서 소주 2병을 마시고 아쉬움이 남아 2차를 찾고, 그것도 부족해서 3차를 찾았다.

"딱, 한잔만 더!"

내가 주로 분위기를 잡았다. 다음 날 일어나면 머리는 깨질 듯했고, 어떻게 집에 왔는지 기억조차 없었다. 주머니에서 나오는 술집 영수증을 보면 내가 죽도록 미웠다. 아침부터 마누라의 바가지는 덤이었다.

"전화는 왜 안 받는데? 받지도 않을 전화기는 왜 가지고 다니나?"

맞벌이를 하는 아내도 힘들어서 하는 소리다. 그래도 남자의 자존심으로 한마디 한다.

"내가 먹고 싶어서 먹나?"

속이 쓰려 죽을 지경인데 해장국을 끓여주지 않고 바가지만 긁는 아내가 못마땅하지만 차마 말을 하지 못했다. 빨리 집을 나오는 것이 상책이라 씻는 둥 마는 둥 출근하기 일쑤였다.

어느 순간부터 술을 마시면 기억나지 않는, 즉 필름이 끊기는 현상이 계속되었다. 인터넷을 검색하니 '알코올성치매 조기증상'이란다. 그래도 술을 끊을 생각은 하지 못했다. 1차 소주, 2차 맥주, 3차 맥주+양주, 술을 섞어 마셔서 그렇다며 이제는 모두 맥주로 통일하기로 했다. 이후로 필름이 끊기는 현상은 없었지만, 동료들이 비싼 맥주 마신다고 욕을 했다. 그뿐인가? 맥주를 마시니 장에 탈이 났다. 술 마신 다음 날 오전은 화장실이 사무실이다.

"오늘은 안 마셔야지."

출근할 때마다 다짐하지만 퇴근 무렵에는 어느 새 술집에 와 있었다.

1. 38년 간 마신 술

   23년x 하루 소주2병 x300일= 13,800병,

   23년x 하루 맥주3병 x300일= 20,700병

   15년x 하루 맥주7병 x300일= 31,500병

2. 마신 술 일렬로 세울 경우의 거리

   맥주 52,200병 x25.5cm = 1,331,000cm

   소주 13,800병 x21.5cm =   297,000cm

'이쯤 되면 주류회사와 세금을 받는 나라에서 표창을 줘야 되지 않나?'

그동안 마신 술을 거리로 환산해 보니 40리(16.3km)가 넘는 거리다. 잃어버린 돈과 건강은 말할 것도 없다. 그렇다고 표창은 언감생심이 아니던가?

취미로 탁구를 하려고 동호회에 들었다. 술도 줄이고 건강도 지키려고 선택한 것이다. 그런데 웬걸, 직장에서 술자리가 없는 날이면 탁구동호회에서 술자리가 기다리고 있었다. 술자리에만 가면 건강이나 가정, 다음 날 걱정은 잊어버리고 분위기에 휩쓸리기 일쑤였다.

토요일 아침에 일어났는데 머리가 아프고 무거웠다. 나중에 책을 읽으면서 안 사실인데 술 마시고 머리가 아픈 증상은 뇌의 탈수 때문이란다. 우리 몸은 뇌에서 제일 먼저 수분을 필요로 하는데 수분이 부족하면 잠자는 동안 수분 공급이 안 되어 뇌가 쪼그라들기 때문에 아픈 것이라고 한다. 그래서 술을 마시기 전과 마시는 동안 물을 자주 마셔야 건강을 지킬 수 있다고 한다. 아픈 머리를 이끌고 샤워를 하러 목욕탕에 갔다.

거울 속에 괴물 같은 노인이 보였다. 헝클어진 흰 머리,

주름진 얼굴, 술에 찌든 거친 피부, 숨만 쉬어도 취할 것 같은 술 냄새, 그 자리에 그만 털썩 주저앉았다. 샤워기를 틀어놓고 한참을 멍하니 있었다.

"인구야, 사람은 항상 단점이 있어야 된다."

돌아가신 어머니 얼굴이 떠올랐다. 글도 배우지 못한 어머니는 '자기만의 심지처럼 굳은 중심'이 있어야 한다는 말을 '단점'으로 표현하셨다. 홀로 6남매를 키우시고 고생만 하시다가 돌아가신 어머니 생각에 눈물이 하염없이 흘렀다. 샤워기 물줄기가 눈물을 씻어 내려갔다. 헛되이 보낸 세월을 깨끗이 씻어 다시 되돌리고 싶었다.

'이렇게 살아도 되나?'

갈급함에 대한 답이었는지 우연히 지인을 통해 강민구(전 부산법원장)님의 유튜브 강의를 듣게 되고, 3P자기경영 연구소 강규형 대표님의 『성과를 향한 도전』을 읽고 새로운 삶을 살기로 마음을 먹었다.

자기경영도구인 '3P바인더(시간관리, 기록관리, 지식관리 등)'를 쓰기 시작했다.

책을 읽기 시작하면서 삶의 변화가 일어났다. 처음으로 완독한 책이 마쓰다 미쓰히로의 『청소력』이다. 얇아서 읽기가 좋았다. 자기계발 책을 몇 권 읽으면서 성공한 사람들의 비밀은 태어날 때부터 천재가 아니라 '좋은 습관'을 가졌기 때문이라는 것을 알았다.

바인더를 기록하면서 시간 관리를 하게 되고 술을 끊어야겠다고 다짐했다. 어느 새 술을 끊은 지 2년이 넘었다. 내가 생각해도 기적이다.

술을 끊으니 많은 변화가 일어났다. 38년 동안 함께 한 술친구들이 하나둘 떨어져 나가면서 힘들 때도 있었다. 하지만 잎사귀가 지면 새순이 돋아나듯 그 자리에 책 읽는 사람들과 자기계발을 하는 사람들이 채워지기 시작했다.

독서를 체계적으로 하고 싶은 욕구가 생겼다. 독서기본과정, 독서리더 과정을 수강했다. 독서리더 과정 과제로 독서모임을 운영해야 했다. 독서모임 명칭을 나는 '동래나비'로 아내는 '큰솔나비'로 개설했다. 독서리더 과정을 수료 후 2개의 독서모임을 '부산큰솔나비'로 통합, 운영해 오고 있다.

"당신의 인생을 가장 짧은 시간에 가장 위대하게 바꿔
줄 방법은 무엇인가? 인류가 현재까지 발견한 방법 가
운데서 찾는다면 당신은 결코 독서보다 더 좋은 방법
을 찾을 수 없을 것이다."

- 워렌버핏

술꾼에서 꿈꾼으로 변한 내 삶처럼, 독서모임을 통하여 많은 사람들이 '행복한 삶'을 살아갈 수 있도록 돕고 싶다.

내
게
일
어
난
기
적
같
은
일

아침 7시 45분. 또 지각이다. 알람이 처음 울린 건 한 시간 전이었는데 5분만 더 잔다는 게 1시간을 더 잤다. 입에는 차마 담을 수 없는 말을 내뱉고 침대 밖으로 나오지만, 이런 일이 자주 반복되다 보니 별로 놀랍지도 않다.

휴대폰이 문제였다. 잠시 메시지 답장만 한다는 게 재미있는 글과 영상이 가득한 휴대폰 스크린에 흘려 결국 밤 12시까지 손에서 놓지 못했다.

아침식사는커녕 샤워도 못하고 간단한 세수와 양치질만 겨우 하고 출근길 지하철로 향한다. 아침부터 이렇게 된 이유가 스마트폰 때문인 것을 불과 몇 분 전에 알았음에도 출근길 지하철 안에서도 여전히 휴대폰을 놓지 못하고 있다.

9시가 되기 몇 분 전, 가까스로 지각은 면했지만 자리에 앉은 순간 오늘 해야 할 일정과 업무들을 생각하다 보니 벌써부터 집에 가고 싶어진다. 현업에서 재대로 된 성과를 내기는커녕 늘 일에 쫓겨, 해야 할 업무를 마감일 전에 마치지 못해 팀장님과 부장님께 혼이 났다.

불과 3년 전의 내 모습이다. 마음 한 구석에는 영화나 드라마에서 나오는 성공한 직장 임원이나 유명한 기업 대표들처럼 아침에 일찍 일어나 여유롭게 하루를 시작하고 싶었다. 아무 의미없이 스마트폰을 보는 대신 생산적인 일을 하면서 시간을 보내고 싶은 마음이 꿈틀거리고 있었다.

대학교 시절 책은 자주 보았다. 그때는 비교적 여유로워 내 삶을 내가 통제하고 있다는 느낌도 가끔 들었다. 그래서 삶의 변화를 주기 위해 다시 책을 읽기로 마음먹었다. 출근길 마땅히 할 것도 없고 가방 안에 책을 늘 가지고 다녔기에 이제 책만 펼쳐 읽기만 하면 되었다.

그렇게 책읽기를 시작했다. 퇴근길은 물론이고 자기 전에 휴대폰 대신 책을 손에 쥐고 잠든 날들이 늘어나기 시작했다.

작은 변화가 나를 바꿔주기 시작했다. 저자 특강을 찾아다녔고, 내가 살고 있는 부산은 물론 서울까지 한 달에 두세 번은 올라가 교육을 듣곤 했다.

그렇게 부산큰솔나비 독서모임의 총무를 맡게 되었다. 토요일 아침 7시부터 시작되는 독서 모임이라 유난히 아침 일찍 일어나 하루를 시작하는 사람들이 많았다. 그들과 함께 자연스럽게 책 이야기는 물론, 직장이야기, 가족이야기, 자신의 경험들을 공유하다 보니 나도 그들과 점점 닮아 가고 있었다.

지금 나는 3년 전과 완전히 다른 사람이 되었다. 아침 5시에 일어나 1시간 동안 책을 읽고, 글을 쓰고, 또 1시간은 땀 흘려 운동하는 것은 물론 아침 식사까지 꼭 챙겨 먹는다. 직장에도 여유롭게 출근한다.

이런 생활을 매일 하다 보니 명절 연휴나 일요일과 같은 휴일에도 일찍 일어난다. 출근만 하지 않을 뿐 아침 일찍 일어나 책 읽고, 글쓰고, 운동하고, 아침식사를 챙겨 먹는 것이 습관을 넘어 루틴으로 자리 잡았다.

자연스레 직장 생활도 재미있어졌다. 같은 업무량이라도 예전보다 차분한 모습으로 집중하고 있다. 상사의 부름에도 침착하게 대답하고, 미팅에서 개인적의 의견과 생각 등을 자신있게 표현하고 있다.

예전에는 조급하고, 예민하고, 스트레스에 취약했다. 그런데 요즘은 주위에 있는 가족, 직장동료, 친구, 그리고 모임에서 만나는 사람들과 함께 시간을 나누면서 서로에게 따뜻한 마음과 진실된 말을 주고 받는 여유가 생겼다. 특히 아침부터 걸려오는 클레임 전화에 굉장한 스트레스를 받았던 과거와 달리 요즘은 그 어떤 클레임도 다 받아 주겠다는 여유까지 생겼다.

정말 기적 같은 일이다.
독서모임이 내게 준 가장 큰 선물이다.

　　삼성전자 회장을 지낸 권오현의 『초격차』는 예전처럼 혼
자 독서를 하고 있었다면 선택하지 않았을 분야의 책이다.
부산큰솔나비에 오기 전까지는 편협하게 독서를 하고 있었
다. 그런데 올해 봄 독서모임에서 함께 나눌 책이어서 읽게
되었다.

　　이 책을 읽으니 평소에 막연하게 생각하던 올바른 리더
의 모습을 좀 더 구체적으로 알 수 있게 되었다. 이 책에는
리더가 갖추어야 할 덕목이 내면과 외면으로 나누어져 있
었다.

내면의 덕목으로는 진솔함, 겸손, 무사욕을 들었다. 청소년기에 형성된 내면의 덕목은 자라온 환경에서 길러지는 것으로 좋은 부모, 스승, 멘토로부터 받은 영향으로 형성되어진다. 내면의 덕목이 필요조건이라면 훈련을 통해 갖추어야 할 외면의 덕목은 충분조건이다.

외면의 덕목으로는 통찰력, 결단력, 실행력, 지속력을 들었다. 외면의 덕목 중 가장 중요한 것으로 지속력을 들었다. 회사의 성공을 자신의 존재 여부와 상관없이 지속시킬 수 있는 지속력이야말로 리더를 만드는 가장 중요한 요소라고 했다.

나는 청소년을 양육하고 있는 엄마로서 내면의 덕목에 관심을 가졌다. 훌륭한 리더가 되기 위해 청소년기에 갖춰야 할 내면의 덕목은 인성과 연결된다.

인성이 바로 형성된 진솔한 사람은 상대방을 존중하고 누구와 이야기해도 금방 상대방에게 도움을 구하거나 배운다. 설사 나이가 어리거나 부족한 사람에게라도 배우는 겸손한 사람이다. 또한 내면의 덕목이 잘 갖추어진 사람은 개인의 이익을 취하기 위해 편법을 쓴다던지 부적절한 행동을 하는 사욕을 가진 자가 아니다.

우리는 자녀들이 내면이 꽉 찬 성인으로 자라기를 바라야 한다. 외면이 아무리 잘 갖춰져 있다 하더라도 내면의 진솔함, 겸손, 무사욕의 마음이 부족하면 사상누각처럼 언제 무너져 내릴지 모른다. 높은 야망과 승부욕, 철저한 계획과 실행으로 승승장구해서 최고의 자리에 올랐다고 하더라도 단 한 번의 잘못으로 나락에 떨어질 수가 있다. 대부분 사람들의 잘못은 권력, 재물, 정욕을 다스리지 못해서 추락한다. 이 잘못들은 단 한 번의 실수로도 파급 효과가 크다.

성경에도 실수하는 대부분의 사람들은 권력, 재물, 정욕을 다스리지 못해서 넘어진 사람들이 이야기가 나온다. 에서는 먹는 데 약해서 눈에 보이는 팥죽 한 그릇에 장자권을 동생에게 팔았다. 노아는 술에 약했고, 삼손은 정욕에 약했다. 선한 다윗왕도 평화로울 때 충신을 죽이고 그의 아내 밧세바를 취하였다. 지혜로운 솔로몬왕은 여인에게 약하고,

아간은 옷과 보물에 약했다. 돈에 약한 유다, 진실에 약한
아나니아와 삽비라도 있다. 베드로는 생각보다 행동이 먼
저 나가 실수가 많았다.

우리도 예외는 아니다. 유명했던 사람들이 한 번의 잘못
으로 뉴스에 크게 나오는 경우를 심심찮게 본다. 따라서 우
리는 인성을 가꾸지 못해 넘어지는 일이 없도록 매 순간 나
를 돌아보고 다스려야 한다.

"선 줄로 생각하는 자는 넘어질까 조심하라."
- 고린도전서 10:12

나의 내면의 덕목 중 고칠 것이 있다면 얼른 인정하고 겸
손하게 배워서 좋은 습관으로 바꿔나가야 한다. 이럴 때 나
의 리더십은 훌륭한 힘을 발휘할 것이다.

리더는 훌륭한 내면의 덕목을 기본 바탕으로 외면의 덕
목인 통찰력, 결단력, 실행력, 지속력을 길러야 한다. 권오
현 사장은 통찰력은 뛰어난데 실행이 약하면 리더의 자질

이 없는 것으로 봐야 한다고 했다. 또 결단력이 뛰어나도 통찰력이 부족하면 참모가 되는 편이 낫다. 리더로서 결과를 만들어 내려면 통찰력을 가지고 미래를 예측하고 결단력을 가지고 과업을 실행하고 지속 가능한 미래를 준비 해 나가야 한다고 했다.

생존의 단계를 넘어 맡겨진 조직이나 회사를 지속적으로 성장시키고 새로운 가치를 창출한 사람.

- 권오현, 『초격자』 59쪽.

이 책에서 리더로서 성공한 사람에 대해 내린 정의다. 리더의 덕목 중 가장 고려되어야 할 부분은 미래에 대한 것이라고 한다. 실패한 리더는 미래를 망친 리더라고 저자는 단언했다. 올바른 리더라면 재임 기간 내 성과를 내기 위해서만이 아니라 미래를 보고, 퇴임하고도 지속적으로 생존시키고 성장시켜 나갈 후계자를 양성해야 한다고 강조한다.

아이들 교육도 마찬가지이다. 한 사람이 태어나면 그 가정이 속한 사회의 문화에서 자라 중요한 사회 구성원이 된다. 각 개인은 그 속에서 정체성을 확립하고 자아를 실현하여 개인과 사회 발전에 지대한 영향을 끼치게 된다. 아이들을 교육하는 것은 결국 미래에 훌륭한 인격체로 성장시켜서 개인과 가정과 사회에서 그 맡은 역할을 훌륭하게 수행할 수 있게 하기 위해서이다.

우리는 모두 각자의 영역에서 훌륭한 리더가 될 필요가 있다. 그러면 그 개인이 속한 가정, 직장, 공동체, 사회에서 리더의 역할을 잘 수행하여 건강한 사회를 만들 수 있기 때문이다.

리더가 되기 위해 내면과 외면의 덕목을 잘 갖추려면 교육을 받아야 한다. 하지만 시간적, 경제적, 물리적 여건이 여의치 않아 현실적으로 적절한 교육을 받기 힘들 수도 있다.

그런데 내면과 외면의 덕목을 골고루 갖출 수 있는 아주 좋은 방법이 있다. 바로 독서다.

권오현 저자는 바쁜 삼성전자 회장직을 수행하면서 1년에 약 100여권의 책을 읽었다고 했다. 책읽기가 바탕이 되

었기에 탁월한 리더십을 발휘한 것으로 믿어 의심치 않는
다.

　독서는 혼자 하는 것도 좋지만, 같은 책을 읽고 여러 사
람이 함께 서로의 생각을 공유하는 것이 더 좋다. 나와 다
른 관점으로 바라본 저자의 생각을 읽을 수 있고, 여러 사
람의 생각을 들으며 균형 잡힌 결론을 얻을 수 있다. 또 함
께 읽으면 지치지 않고 서로에게 선한 영향력을 끼치며 각
자의 삶이 긍정적으로 발전할 수도 있다.

　나는 지금 가정, 사회, 교회, 직장에서 내가 속해 있는 곳
을 훌륭하게 바꾸는 진정한 리더가 되기 위해 오늘도 부산
큰솔나비와 함께 책을 읽는다.

강지원 ●————————————

함께 하니 안 할 수가 없습니다

243

　아버지는 초등학교 2학년, 어머니는 23살 때 돌아가셨다. 시골에서 몇 가구 되지 않는 곳에서 생활하다 보니 문화의 혜택은 거의 받지 못하고 자랐다. 자고 일어나면 어머니는 일하러 가시고 나는 뒷산에서 나무와 친구 삼아 놀았다. 아버지에 대한 기억은 술에 취한 모습뿐이다. 오죽하면 아버지가 집에 들어오지 않으시길 바랐을 정도였다.

　고등학교 1학년 때 부산으로 전학을 왔다. 집과 학교만 다녔다. 세상물정을 몰랐다. 대학교 1학년 때 처음으로 여자들이 얼굴에 바르는 화장품이 있다는 것을 알았다.

어머니가 돌아가시고 바로 결혼을 했다. 이수경의 『차라리 혼자 살걸 그랬어』처럼 결혼식 준비만 하고 결혼을 했다. 계획 없이 아이를 낳았고, 직장 일에 바쁘다 보니 가정은 뒷전이었다. 남편은 매일 술에 취해 늦게 들어왔다. 아이가 귀찮아질 정도였다. 아버지와 따뜻한 정을 느끼지 못했듯이 남편도 별반 다르지 않았다. 그런데 어느 순간부터 변하기 시작한 남편이 물었다.

"부전동에서 독서 특강 하는데 들으러 갈래?"
"독서 특강은 무슨? 안 갈래."
독서는 나와 관계없는 일인 줄 알았다. 독서가 밥을 주나? 재미를 주나?
"그래도 생각해 봐라."

뭔가 달라져 가는 남편의 모습이 싫지만은 않았다. 당장은 거절했지만 근무를 마칠 때쯤 한 번 가보고 싶다는 생각이 들었다. 새로운 것을 시도해 보고도 싶었다. 남편에게 전화를 해서 간다고 했다.
〈3P바인더자기경영연구소〉에서 주최하는 독서특강이었

다. 이때까지만 해도 독서가 우리 부부와 많은 사람들의 삶을 바꿀 수 있다는 것을 알지 못했다. 순간의 결정이 내 인생의 터닝 포인트였다.

독서가 삶에서 필요하다는 것을 느끼면서 〈3P자기경영연구소〉에서 하는 교육과정을 모두 수료했다. '독서기본', '독서리더', '3P바인더 기본', '3P코치', '3P마스터' 등 쉬지 않고 1년 가까이 SRT로 서울까지 다니는 것을 마다하지 않았다.

'독서리더' 과정에는 '독서모임'을 해야 하는 과제가 있었다. 과제를 위해 독서모임을 만들고 책을 읽기 시작했다. 일주일에 한 권, 또는 두 권을 읽었다. 책을 읽고 본깨적(본 것, 깨달은 것, 적용한 것)을 하다 보니 내 삶이 변하기 시작했다. 당장 가장 큰 변화로 40년 동안 술을 마셨던 남편이 술을 끊고 가정에 충실한 사람이 되었다.

"남편 어디 아프나?"

"왜?"

"술을 끊었데?"

"아, 이제 안 마실 때도 됐지. 아픈 데는 없어."

불과 2년 만에 기적이라고 할 정도로 내 삶이 달라졌다.
어떻게 이런 일이 가능했던 것일까?

사람들에게 직접 말하거나 소셜미디어를 통해 알릴 수
있다. 그러면 공개적으로 약속을 했으므로 자신이 뱉
은 말을 실천해야 한다는 사회적 압력을 느낄 것이다.
- 벤저민 하디, 『최고의 변화는 어디에서 시작하는가』에서

남편이 그랬고 내가 그랬다. 남편은 습관을 만들기 위해
먼저 주변에 "술을 끊겠다."는 말을 하고 다녔다. 남편은 공
개선언문을 만들었고, 나는 사진을 찍어 페이스북에 올렸
다.

"남편이 술을 마시는 것을 보는 분에게 천만원을 지급하
겠다."

확실한 습관 만들기는 공개적으로 알려야 하고, 혼자가
아닌 함께 하면 효과가 더 좋다는 것을 실감할 수 있었다.

부산큰솔나비 독서모임 밴드에 '성공습관 프로젝트' 공지를 했다. 5명 이상이 되지 않으면 하지 않겠다고 했다. 13명의 신청이 있었고, 나를 포함해서 14명이 100일 동안 함께 하기로 했다.

개인의 목표와 실천사항을 구글 스프레드시트로 작성하여 공유하고, 단톡방을 만들어 매일 실천사항을 인증 샷으로 올리기 시작했다. 첫날부터 카톡 방에 선배님들의 하루 일과가 끊임없이 올라왔다. 새벽 4시 30분부터 하루가 시작되었다. 며칠 지나지 않아 선배님들이 말했다.

"혼자 하면 해야 한다는 생각만 하고 실천이 잘 안 되는데, 함께 하니 안 할 수가 없습니다."

서로가 자극을 받아 서로를 격려하고 감동하며, 또 새로운 것을 배워서 따라 했다.

습관프로젝트 멤버 중에 어머니와 아들이 있다. 아침마다 잘 일어나지 못해 힘들어하던 아들이 100일간 목표 달성하기 위해 일찍 일어나서 목표한 것을 하나씩 실천해 내는 모습을 사진에 담았다. 코끝이 찡하고 가슴이 뭉클했다.

아들을 위해 애를 쓰고 있는 어머니의 사랑이 보였다. 어머님의 마음을 헤아려 두 말없이 함께 한 아들의 효심도 보였다.

"어제와 같은 인생을 살면서 내일 내 인생이 달라지길 원하면 정신병자다."

내일 달라질 내 인생은 오늘의 습관을 어떻게 만드느냐에 달려 있다. 생각이 습관을 바꾸고, 습관이 행동을 바꾸고, 행동이 인생을 바꾼다.

『새벽형 인간』을 보고 많은 사람들이 새벽에 일어나기를 작심하지만 정작 3일을 넘기지 못한다. 하지만 독서모임에서는 작심삼일이 거의 없다. 혼자 하는 것이 아니라 함께 하기 때문이다. 함께 하니 안 할 수가 없다.

신 민 석 •━━━━━━━━━━━━━━━

환경이 모든 것을 지배한다

건강? 돈? 가족? 명예?

인생에서 가장 중요한 것이 무엇이라고 생각하는가?

20대 후반 첫 직장 생활을 할 때만 해도 내게는 돈이 중요했다. 돈이 많아야 내가 원하는 것들을 모두 할 수 있을 것 같았다. 주위 사람들에게 인정도 받고, 그러면 행복할 것이라 생각했다. 월급을 받으면 열흘도 되지 않아 다 쓰곤했다. 남에게 보여지는 것을 소홀히 할 수 없어 옷을 사는데 많은 돈을 썼다. 여자 친구를 만날 때면 데이트 비용은 물론이고, 차량유지비, 휴대폰 요금 등등 돈이 들어가는 곳이 많았기에 늘 돈에 쪼들렸다. 그래서 더욱 내 인생에 우선순위와 목표는 돈일 수밖에 없었다.

독서모임에서 같은 책을 읽고 이야기 하는 과정에서 많은 사람들이 나처럼 돈을 전부로 여기지 않고 있다는 것을 알았다.

'어쩜 나랑 이렇게 다른 생각을 할 수 있을까?'

독서토론을 하면서 이런 생각을 수시로 했다. 그런 과정에서 너무 돈에만 집착하는 내 삶이 너무 건조하고, 세상을 바라보는 시야도 너무 좁다는 생각을 하기 시작했다.

그동안 나는 남들보다 빠르게 앞서가고 있기에 내 삶에는 아무 문제가 없다고 생각해왔다. 하지만 그것이 우물안 개구리와 같은 생각이라는 것을 알게 된 것이다.

독서모임에 참여하는 분 중에는 나보다 훨씬 높은 사회적 지위를 가진 이들이 많았다. 그런 분들이 자신의 주말

시간을 온전히 할애해주는 것도 모자라, 가지고 있는 지식이나 기술들을 서슴없이 나눠주시려 하는 모습에 신선한 충격을 받았다.

내가 볼 때는 물질적으로 전혀 부족할 것이 없는 분들이 오히려 새로운 것에 흥미를 갖고 배우고 있었다.

인생의 가치를 돈으로만 본다면 생각조차 할 수 없는 일이었다. 그래서 이런 분들과 함께 하는 것만으로도 내게는 큰 행운이고 축복이라는 생각을 하고 독서모임에 더욱 열심히 참여하고 있다.

사람은 사람을 통해 가장 빨리 배우고 성장할 수 있다. 돈만 생각했던 내가 만나는 사람들을 바뀌다 보니 내 삶도 자연스럽게 그분들과 같은 방향으로 향하기 시작했다.

내 인생의 나침판과 같은 사명감과 삶의 비전들을 정립하면서 세상은 돈이 아니라 그보다 더 가치있는 일이 얼마든지 많다는 것을 확인할 수 있었다. 나만의 행복한 삶을 위해 돈을 벌고 돈을 쓰는 것이 아니라 내가 속한 조직이나 사회를 위해 내가 할 수 있는, 가치 있는 일이 얼마든지 있다는 것을 알게 되었다.

환경이 모든 것을 지배한다. 지금 내가 처한 환경이 내 인생을 지배한다. 나는 함께 공부하고, 함께 변화하는 사람들이 있는 환경에 빠져들었다.

자연스레 독서와 나눔을 통해 세상에는 돈보다 더 가치 있고 소중한 것이 있다는 것을 일깨워주는 환경에 지배를 받는 사람이 되었다. 내게는 정말 행복한 환경의 지배다.

독서모임이 내게 안겨준 가장 큰 축복이자 선물이다.

김정윤 ●━━━━━━━━━━━━━━━━

내
인
생
에

터
보
엔
진
을

달
아
준
독
서
법

　진주 산골 촌놈이다. 초등학교도 편도 1시간 넘는 거리를 꼬박 6년간 걸어 다녀야 했다. 공부는 자연스레 뒷전이었다. 그러다 진주 시내로 진학을 했다. 중학교 생활은 그야말로 충격이었다. '공부-시험-야간자율학습-보충수업-얼차려-독서실'의 쳇바퀴 속에 묻혀 살아야 했다. 눈만 뜨면 듣는 소리가 공부, 또 공부였다.

　시골에서 자연을 벗 삼아 살아온 내게는 전혀 적응하기 힘든 환경이었다. 진주는 고등학교 진학부터 좁은 입시관문을 통과해야 했다. 이런 정글 같은 공부 분위기에서 내가 살아남는 방법은 딱 하나였다.

나의 장점인 암기력을 활용해서 무조건 외우는 것이었다. 심지어 수학도 외웠다. 외우는 것만으로도 성적이 어느 정도 나왔고, 상급학교 생활도 차차 적응해서 성적은 어느 순간 상위권으로 올라갔다.

하지만 진검 승부는 고3때 판가름이 났다. 암기력은 좋았지만 독해력이 문제였다. 나는 책을 읽는 속도가 너무 느렸다. 어렸을 때 책을 읽은 적이 거의 없기에 문장을 읽는 능력이 현저히 떨어졌다. 수능으로 바뀐 대학입시에서는 암기력만으로 커버하기엔 어려운 문제가 출제되고 있었다.

대학입시에서 뼈아픈 고배를 마셨고, 그 뒤로 방황이 이어졌다. 버티고 버티다가 늦은 나이에 군대를 다녀왔고, 제대 후 27살 늦깎이로 전문대학에 입학했고, 졸업 후 여행사에 취업해서 사회생활을 시작했다.

직업 특성상 가이드로 손님을 모시고 해외로 한 번씩 출장업무를 가는데, 손님들의 질문에 꿀 먹은 벙어리가 될 때가 많았다. 무식이 드러나서 부끄러웠다. 나 자신이 한없이 작아 보였다.

'책을 읽어야 되겠다.'

뒤늦은 자각이었다. 30대 초입 즈음이었다. 직장에서 살아남기 위해서라도 책을 읽어야 했다. 하지만 독서란 게 마음만 먹는다고 쉽게 되는 것이 아니었다. 한 권을 읽는데 3개월이 걸렸다. 독해력이 부족해서 수능에서 떨어졌던 악몽이 떠올랐다. 읽은 부분이 이해가 되지 않으면 되돌아가서 읽기를 수차례 반복했지만, 그래도 이해가 안 되면 애꿎은 책에 화풀이를 하면서 던져 버리기 일쑤였다.

"도대체 이 사람 뭐야? 사람이 알아 먹게 글을 써야 할 거 아냐?"

국내의 유명한 작가들과 이름이 너무 길어 기억하기도 힘든 외국작가들을 무수히 원망했다. 그나마 다행인 것은 그렇게라도 1년에 한 권의 책도 읽지 않았던 내가 적어도 네다섯 권을 읽기 시작했다는 것이다.

그러던 중에 『독서천재가 된 홍대리』의 저자 이지성 작가의 강연회를 들었고, 그 자리에서 엄청난 충격을 받았다.

'어떻게 사람이 1년에 100권, 200권, 심지어 하루 1권씩 해서 365권을 읽을 수 있지?'

정말 말도 안 되는 소리 같았다. 도저히 사실로 받아 들일 수가 없었다. 하지만 어느 정도 시간이 지나자 속에서 이런 욕구가 꿈틀거리고 있었다.

'정말 가능할까? 속는 셈 치고 나도 한 번 시도해볼까?'

그때부터 나도 시작했다. 놀랍게도 한두 해가 지나면서 가속도가 붙기 시작했다. 15,000원으로 250쪽 분량의 책 한 권을 통해 지적인 도약이 이뤄지는 것에 기분이 참 묘했다. 때로는 짜릿한 전율을 느낄 때도 있었다.

하토야마 레히토의 『하버드 비즈니스독서법』은 내 독서인생에 터보엔진을 달아주었다. 책읽기를 힘들어 하고, 어려워하는 나에게 새로운 독서법의 세계를 열어준 것이다. 이 책에는 작가만의 훌륭한 독서 팁(TIP), 나의 삶에 적용, 변화된 사례 등이 잘 드러나 있다. 나처럼 독서법을 몰라 독서를 힘들어하는 이들을 위해 그 중에 중요한 내용을 공유해본다.

1) 제발 책을 처음부터 끝까지 다 읽어야 한다는 강박관념에서 벗어나라. 첫 페이지, 첫 줄에 책의 핵심이 응축되어 있고 내가 그걸 이해했다면 그 책은 다 읽은 것으로 판단하고 책을 덮어도 좋다는 것이다.(위의 책 83쪽)

2) 책을 읽는 것을 넘어 책 속의 핵심 내용을 캐치하여 일상에 적용, 실천으로 연결해야 진정한 독서라고 할 수 있다. 귀한 시간을 투자해서 책을 읽은 것으로 끝내면 시간낭비를 한 것일 수 있다는 것이다.(위의 책. 27쪽~29쪽)

3) 책을 읽는데 투자한 시간만큼 사고, 사색하는데 투자하라. 장을 담았으면 충분한 발효의 과정을 거치라는 것이다.(위의 책. 41쪽~42쪽)

4) 내게 맞는 책을 고르는 작가만의 여섯가지 기준도 유익하니 참고하면 좋다.(위의 책. 71쪽.)

(1) 프롤로그와 에필로그를 훑어본다.

(2) 교수가 쓴 책을 고른다.

(3) 주목하는 사람이 읽고 있는 책을 고른다.

(4) 사회인을 위한 공개 강의에서 추천하는 도서를 고른다.

(5) 도표나 그림이 많은 책을 고른다.

(6) 서점 순위를 활용한다.

5) 1년에 한 번씩 이력서를 쓰라.(위의 책. 164쪽.)

이력서는 지금까지의 나를 어떻게 미래로 이어지게 하는가를 나타내는 로드맵에 해당된다. 삶의 전반에 대한 이력서를 쓰면 더욱 좋겠지만, 독서력에 대한 이력서로 써도 좋다. 매년 그 해의 독서계획을 세우고 1년 단위로 성과를 분석해서 이력서를 쓰는 것은 정말 의미있는 일이다.

하토야마 레이토와 그리고 또 내가 몸소 경험한, 전달하고자 하는 핵심 독서 노하우를 정리해본다.

1) 책, 제발 처음부터 끝까지 다 읽어야 한다는 강박관념에서 벗어나자.

2) 우선 초독으로 '후루룩~' 읽어 보자.(프롤로그, 에필로그, 목차, 본문 순으로 후루룩~.

3) 책에서 건져 올린 핵심내용은 반드시 독후 정리 및 나의 삶에 어떻게 적용, 실천할지 고민 또 고민해서 답을 찾아보자.

강제 기능을 통해 행동을 이끌어내라

이루고 싶은 간절한 목표가 있다면 그 과정을 우연에 맡겨두지 말아야 한다. 대신 목표 달성이 불가피한 조건을 만들어놓도록 하자. 그것은 사고방식이나 의지력, 태도, 자존감, 절제력의 문제가 아니다. 이런 내적 힘을 환경에 위임해 무의식적이고 본능적으로 행동하게 만드는 것이다.

- 벤저민 하디, 『최고의 변화는 어디서 시작되는가』

154쪽~155쪽

지난 해, 삶을 바꾸는 독서를 위해 부산큰솔나비 독서모임의 문을 두드렸다. 처음에는 살짝 겁이 나서 혼자보다 함께 가는 게 좋을 것 같아 친구들, 직장 동료들 몇 명을 꼬드겨 보았지만 단칼에 거절당했다. 그래서 혼자 찾아갈 수밖에 없었다.

그곳에서 이미 책을 쓰고 작가가 된 분들을 만났다. 그동안 작가는 나와 다른 세상에 살고 있다고 생각했는데 그분들을 보면서 누구나 작가가 될 수 있다는 것을 알고 신기했다.

글을 쓴다는 것도 쉽지 않은 일인데, 꾸준히 써서 한 권의 책으로 냈다는 건 정말 대단한 일이다. 여기에서 만난 선배님들 덕분에 나도 언젠가는 작가가 될 수 있겠다는 생각과 희망을 갖기 시작했다. 꿈 리스트에 책쓰기를 추가했다.

처음에는 책은커녕 당장 간단하고 짧은 글조차 쓰기가 어려웠다. 더구나 글쓰기는 긴급한 일도 아니고, 무엇보다도 익숙하지 않았기 때문에 더욱 그랬다. 책을 쓰겠다는 꿈만 갖고 정작 글도 쓰지 못한 채 하루하루를 보내던 어느 날 문득 이런 생각이 들었다.

'원하는 게 있는데 아무 것도 하지 않은 채 시간만 흘려 보내거나 혼자서 맨땅에 헤딩하는 것은 바보짓이다.'

나는 곧바로 방법을 찾기 시작했다. 블로그에서 이은대 작가님의 책쓰기 수업이 있다는 것을 알고 신청하려 했지만, 고액의 수업비용도 그렇고 당장 시간내기도 어려웠다. 만삭의 임산부로서 퇴근하고 밤늦은 시각까지 수업을 듣기에는 무리였다. 거기에다 어린애 둘을 남편에게 맡겨두고 수업을 듣기에는 정말 미안했다. 그렇게 책쓰기에 대한 꿈이 멀어지나 싶었다.

당신은 투자, 사회적 압력, 저조한 성과가 초래할 나쁜 결과에 대한 상상, 책임감, 새로움 등 강제기능을 활용함으로써 강화된 환경을 만들 수 있다.
    - 벤저민 하디, 『최고의 변화는 어디서 시작되는가』
        164~165쪽.

올해 독서모임에서 공동저서 발간 계획을 발표했을 때만

해도 그랬다. 자신감이 없었지만 어떻게든 이 열차를 잡아 타야겠다고 생각했다. 그래서 일단 신청부터 했다. 내면의 갈등은 지속되었다.

'과연 내가 할 수 있을까?'

'지금이라도 포기한다고 말할까?'

하지만 나는 굳게 결심하고 남편과 직장 동료들에게 올해 안으로 책을 써서 작가가 되겠다고 알렸다. 이렇게 되돌릴 수 없게 나를 막다른 골목길 안으로 밀어 넣었다.

벤저민 하디가 『최고의 변화는 어디에서 시작되는가』에서 말한 강제기능을 통해 내가 책을 쓸 수밖에 없는 환경에 나를 집어넣은 것이다.

여러 가지 강제기능 중에서 나는 어떤 것이 내 상황에 가장 정확하고 강력한 힘을 발휘할지 따져보고, 남편과 직장 동료들에게 알리는 것이 가장 좋은 방법이라 생각하고 실천한 것이다. 공개적으로 약속한 순간부터 내가 뱉은 말은 실천해야 한다는 사회적 환경의 압력을 느끼게 만든 것이다.

곧장 단톡방이 개설되었다. 어떤 주제로 책을 쓸 것인지

회의결과도 나왔다. 그동안 우리 독서모임에서 선정한 책을 읽고, 그것을 자신의 일상에 어떻게 적용하여 어떤 변화를 경험했는지 써보기로 했다.

나는 그동안 일상에서 무엇을 실천했고 어떤 변화를 경험했는지 체크하기 시작했다. 그 과정에서 내가 책을 읽고 적용하는 것에 다소 소홀했다는 것을 알아차렸다.

'아, 내가 적용하기를 안 했구나!'

그 순간 뼈저린 후회를 했다. 읽고, 깨닫기는 열심히 해놓고 정작 가장 중요한 적용하기를 게을리 하다니. 하지만 후회는 아무리 빨리 해도 늦는 것이다. 후회할 시간에 바로 지금 적용하기를 해야 했다.

얼른 그동안 인상 깊게 읽었던 구절과 1책 1문장(One Book One Action)했던 것들을 떠오르는 대로 바인더에 메모해 보았다. 몇 개가 있었다. 이 중에서 주제를 뽑아 한 꼭지를 완성할 수 있겠다는 생각이 들었다.

그래서 얼른 글쓰기를 시도했는데 쉽지 않았다. 아침마

다 잠자리에서 일어나지 않는 첫째와 둘째를 깨워 어린이 집에 보내고 집안일을 해치우고, 이제 10개월 된 셋째를 돌보다 보면 시간이 휙휙 지나갔다.

결혼 전의 자유인이었을 때가 그리웠다. 그때는 직장에서 일하는 시간을 제외하면 하루의 모든 시간이 내 시간이었다. 그런데 세 아이 엄마에게는 나만의 시간을 얻기가 힘들었다.

"엄마도 퇴근하고 싶다."

정말 이런 말이 절로 나왔다. 글쓰기를 격려하는 선배님들의 글을 볼 때면 내 마음은 더욱 조급해졌다. 글을 써야 하는데 어떡하지? 그렇게 시간은 흘러가고 마음은 바짝바짝 타들어갔다.

"필요한 일이라면 당장 실행하라!"

- 벤저민 하디, 『최고의 변화는 어디서 시작되는가』

113쪽

도저히 안 되겠다 싶어 벤저민 하디를 따라해 보기로 했다. 집안일이 밀리든 말든 노트북을 켰다. 그렇게 손가락을 키보드에 얹기 시작했다. 이내 아기의 맹렬한 울음소리가 들렸다. 아기를 달래야 했다. 그래도 포기하지 않았더니 어느새 종이 한 장 넘는 분량이 글자로 채워졌다.

하루가 지났다. 점심을 먹자마자 아기가 잠든 틈을 타서 다시 컴퓨터 앞에 앉았다. 이제부터 글쓰기를 1순위로 삼았다. 그렇지 않으면 아이들과 남편, 집안일에 순위가 밀려 글쓰기는 시간을 확보하기 어렵다는 걸 잘 알기 때문이었다.

어제는 글쓰기 시간을 우선시하다가 아기의 이유식을 만들지 못했다. 아기에게 종일 분유만 먹여서 참 미안했다. 오늘은 조금이라도 글을 쓰고 나서 이유식부터 만들기로 했다.

어쨌든 시도하고 보니 글쓰기에 대한 초조함과 스트레스에서 벗어날 수 있었다. 조금씩 글을 써가면서 마음이 안정되었다.

'그래, 나는 지금 본깨적의 적용하기를 하고 있는 거야.'

문득 바인더 주간계획표에 오늘부터 주말까지 해야 할

일에 매일매일 글쓰기를 기록해둔 것이 떠올랐다. 『성과를 지배하는 바인더의 힘』이라는 책에서 보았던, 급한 일보다 중요한 일을 먼저 처리하라는 올바른 우선순위에 관한 내용도 기억이 났다.

글을 쓰면서 내가 나름대로 착실하게 적용하기를 하고 있다는 것을 알고 뿌듯했다. 이루고자 하는 것이 있다면 절대로 의지력에 기대지 말고, 강제기능을 통해 행동을 이끌어내야 결과가 생긴다는 것을 온몸으로 깨닫는 소중한 경험이었다.

새로운 것을 얻고 싶으면
지금 당장 함께 하자

"공부란 무엇이라 생각하는가?"

"모르는 것을 알아가는 것입니다."

"그런데 본인은 왜 모르는 것을 알려고 하지 않고, 아는 것만 인정받으려고 하는가?"

"예, 제가 언제요?"

"지금도 본인이 대답을 잘했다고 칭찬해주길 바라는데, 그렇지 않으니까 인상을 쓰고 있잖아."

"……?"

"본인은 모르는 것을 알아본 적은 있는가?"

"……?"

"공부란 모르는 것을 알았다고 내세우는 것이 아니라, 모르는 것을 알았을 때 얼른 새로운 것을 찾아 실천하는 것이야."

부산큰솔나비 회원님들이 독서와 글쓰기로 배움을 나누며 누리는 즐거움과 기쁨이 가득 찬 원고를 접했을 때, "공부란 모르는 것을 알았을 때 얼른 새로운 것을 찾아 실천해 가는 것"이라는 스승님의 말씀이 떠올랐습니다. 열두 분의 저자님들이 바로 그 어려운 일을 해내고 있다는 생각이 들었기 때문입니다.

"하던 일만 하면 얻는 것만 얻는다. 새로운 것을 얻으려면 새로운 일을 하라!"

말은 누구나 쉽게 할 수 있습니다. 하지만 실천하기란 정말 어렵습니다. 새로운 일을 해야 새로운 것을 얻을 수 있다는 것을 알면서도 새로운 일을 쉽게 하지 못하는 이유가 여기 있습니다.

그렇다면 실천이 어려운 이유는 무엇일까요? 공부는 하면 할수록 '새로운 것'을 만나게 되는데, 바로 그때 '두려움, 귀찮음, 또는 부끄러움' 같은 괴로움에 굴복하기 때문입니다. 정작 새로운 일을 하려면 '두려워서, 귀찮아서, 또는 부끄러워서'라는 말 뒤로 숨고는 그 자리에 주저앉기 때문입니다. 그래서 실천하기가 그만큼 어려워지는 것입니다.

"새로운 것을 얻고 싶으면 새로운 일을 하라!"

이제 이 말은 바뀌어야 합니다. 새로운 일은 혼자 하기 어렵습니다. 설사 이론으로 알아 말로는 쉽게 할 수 있을지라도 구체적인 실천으로 옮길 때는 정말 어려운 일입니다. 따라서 이 말은 구체적인 실천방안을 담아 이렇게 바뀌어야 합니다.

"새로운 것을 얻고 싶으면 함께 하라! 독서와 글쓰기로 변화를 추구하는 부산큰솔나비 독서모임과 함께!"

이제 이 말은 누구라도 쉽게 할 수 있고, 누구라도 쉽게 실천할 수 있게 되었습니다. 다행인 것은 이런 모임이 부산에만 있는 것이 아니라 독서포럼나비라는 이름으로 전국 500여 곳에서 이뤄지고 있다는 것입니다. 이제 독자님들은 마음만 먹으면 얼마든지 함께 새로운 것을 얻는 길에 들어설 수 있게 되었습니다.

새삼 "공부란 모르는 것을 알았을 때 얼른 새로운 것을 찾아 실천해 가는 것"이라는 스승의 말씀을 새겨봅니다. 공부란 그만큼 어려운 일이기에 혼자보다 여럿이 함께 하는 것이 좋습니다.

> 글쓰기의 목적은 긍정의 힘을 얻는 데 있다. 자기 스스로 그 힘을 얻는 것도 중요하지만 다른 사람들은 어떻게 했는지를 알아보는 과정에서 행복 바이러스를 만날 수 있다.
>
> - 셰퍼드 코비나스, 『치유의 글쓰기』에서

독서와 글쓰기를 통해 배운 것을 먼저 실천하면서 나로부터 변화를 꾀하는, 그 어려운 일을 해내고 있는 부산큰솔나비 회원님들의 이야기를 출판할 수 있어서 행복합니다. 모쪼록 이 책이 새로운 것을 얻기 위해, 새로운 변화를 시도하는 독자님들에게 '긍정의 힘을 얻게 해서', '행복 바이러스'를 널리 전파할 수 있기를 소망해 봅니다.

끝으로 좋은 원고를 선뜻 맡겨주신 부산큰솔나비 독서모임 열두 분의 저자님들께 진심으로 감사드리며, 앞으로 더욱 무궁무진 번창해서 모범적인 독서모임의 이정표를 세워주시기를 기원합니다.

감사합니다.

출판이안 대표 이인환

강지원

우체국 공무원 34년차. 작가, 3P바인더마스터코치, 독서리더. 독서모임 '부산큰솔나비', '공감독서나비'를 운영. 저서: 『준비하는 삶』, 『부부탐구 생활』, 『어머, 공무원이었어요』(공저)

전세병

데일카네기 수료, 공병호의 자기경영아카데미 수료. 독서와 글쓰기로 나의 삶, 그리고 모두의 삶이 변하길 원하는 20대 대학생 청년.

유명희

임상병리사, 회사원. 독서와 글쓰기를 통해 가장 가까운 가족부터 세상의 모든 이들에게 꿈과 사랑을 전하고 싶어하는 작가지망생.

강준이

간호사. 정토회의 깨달음의 장 참석 후 '내 인생의 주인으로 행복하게 살기'의 실천가. 독서와 글쓰기를 통해 꿈과 소망을 이루기 위해 노력 중.

안자경

봉생병원 임상심리전문가. 건강한 습관, 좋은 관계, 즐거운 경험을 쌓아가는 것이 행복한 인생을 만든다고 믿으며 독서와 글쓰기로 소확행을 누리는 3자녀 엄마. 네이버 블로그: 북마마

오경희

화장품사업, 뷰티크리에이터. 사람들에게 건강한 아름다움을 전하고 싶은 마음으로 화장품과 피부 건강을 위한 유튜브 채널 『오드리의 블링블링』을 운영 중임.

정희정

간호사. 심플라이프를 꿈꾸며 내 인생의 주인이 되어 즐거운 삶을 살아가고 있음.

김민정

간호사. 독서와 글쓰기로 가난하고 불쌍한 고아들을 돕고, 복음을 전하는 사랑의 전령사가 되는 소망을 갖고 있음. 네이버 블로그: 해피민정

박혜정

헤어디자이너 22년차. 그동안 나만을 위해 열심히 살았지만, 이제 독서와 글쓰기로 모든 사람들에게 행복을 선물하고 싶은 행복 디자이너.

신민석

유통업 5년차. 3P바인더 기본, 코칭. 독서기본과정 수료.
학장시절까지 책과는 담을 쌓고 지냈지만, 직장생활을 하면서 독
서와 글쓰기로 자기계발에 힘쓰고 있는 꿈 많은 청년.

김정윤

모두투어 18년차. 3자녀 아빠. 관광대학원 박사과정 수학 중. '불광
불급 [不狂不及]'의 가치관을 따라 꿈을 향해 하루하루 치열하게 살
아가는 중년남.

정인구

의령우체국장, 부산큰솔나비 회장, 작가. 독서모임 '부산큰솔나비',
'지혜나비' 운영. 저서: 『지금 당신의 삶을 찾아라』, 『어머, 공무원
이었어요』(공저)

독서로 삶의 변화를 추구하는 사람들

변하지 않는다고요? 웬걸요!

초판 인쇄 ㅣ 2019년 08월 27일
초판 발행 ㅣ 2019년 08월 30일

지 은 이 ㅣ 강지원 전세병 유명회 강준이 안자경 오경희
　　　　　정희정 김민정 박혜정 신민석 김정윤 정인구
　　　　　부산큰솔나비 독서모임

펴 낸 곳 ㅣ 출판이안
펴 낸 이 ㅣ 이인환
등 　 록 ㅣ 2010년 제2010-4호
편 　 집 ㅣ 이도경, 김민주
주 　 소 ㅣ 경기도 이천시 호법면 단천리 414-6
전 　 화 ㅣ 010-2538-8468
팩 　 스 ㅣ 070-8283-7467
인 　 쇄 ㅣ 세종피앤피
이 메 일 ㅣ yakyeo@hanmail.net

ISBN : 979-11-85772-63-9(03800)

「이 도서의 국립중앙도서관 출판예정도서목록(CIP)은 서지
정보유통지원시스템 홈페이지(http://seoji.nl.go.kr)와 국가
자료공동목록시스템(http://www.nl.go.kr/kolisnet)에서 이
용하실 수 있습니다. (CIP제어번호 : CIP2019030460)」

값 13,800원

■ 잘못된 책은 구입한 서점에서 바꿔 드립니다.
■ 出版利安은 세상을 이롭게 하고 안정을 추구하는
　책을 만들기 위해 심혈을 기울이고 있습니다.